KAFKA

Jürg Amann
A. T. Schaefer

K A F K A

Wort-Bild-Essay

Haymon

Umschlag: Benno Peter (Foto von A. T. Schaefer)

Die Deutsche Bibliothek - CIP-Einheitsaufnahme

Amann, Jürg:
Kafka : Text-Bild-Essay / Jürg Amann ; A. T. Schaefer. -
Innsbruck : Haymon-Verlag, 2000
ISBN 3-85218-319-7

Scans: Laser point, Innsbruck
Druck und Bindung: Druckerei Theiss GmbH, A-9400 Wolfsberg

Vorwort

»Versuche, jemandem die Hungerkunst zu erklären!« heißt es in Kafkas Erzählung »Ein Hungerkünstler«. Das vorliegende Buch, so schwierig und beinahe hoffnungslos es dort auch erscheinen mag, versteht sich als ein solcher Versuch. Versuch, Essay im wörtlichen Sinn. Da ist einerseits der Text, der »das Unerklärliche zu erklären« versucht, wie Kafka in seinem »Prometheus«-Mythos schreibt. Da sind andererseits die Bilder, die das nicht Darstellbare doch darzustellen versuchen. Und da ist schließlich der Versuch, beides zusammenzufügen, die Wort- und die Bildebene so aufeinandertreffen zu lassen wie »die Pfeile« in »die Wunden«, von denen es in Kafkas Tagebuch heißt, daß sie genau ineinander »passen«. In ihrem Aufeinanderstoßen, in ihrem Ineinandergreifen wenigstens eine Ahnung davon entstehen zu lassen, was es für Kafka heißt, was es für Kafka geheißen hat: Hungerkunst als die ihm einzig mögliche »Art der Teilnahme am Leben«.

»Es starrt im Mittelpunkt des imaginären Kreises von beginnenden Radien«, bilanziert Kafka die Summe seiner nicht geglückten Lebensversuche, Radien, von denen aus der »schöne« Lebenskreis nicht zu ziehen ist. Immer an derselben Stufe, die es ihm nicht gelingt zu ersteigen, während andere an ihm vorbei die Stufen ihres Lebens leicht überspringen, sieht er sich scheitern. Vogel, den die »Speise seines Lebens« zwar lockt, aber gleichzeitig abstößt. Ihm ist die Stufe, vor der er steht, die Mauer vor seinem Kopf, die Mauer der Angst, die er als die Mauer der eigenen Stirn erkennt, auf die er von innen stößt, die er niemals durchdringen kann, die ihn als Ringmauer umgibt. Zwischen Ringmauern vollzieht sich sein Leben, in denen er sich gefangen fühlt, nicht nur bei der als Verhaftung und Hinrichtung empfundenen Verlobung und Entlobung, im Modell von konzentrischen Kreisen, zwischen deren Peripherie und Zentrum, Außen und Innen, als sein eigener »kaiserlicher« Bote er unterwegs ist, ohne je bei sich, das heißt im Schloß anzukommen, das in Kälte und Schnee liegt. Schon eine »Reise nach Georgental« erschiene ihm als höchste Todesgefahr. Wurzellos, steht er wie angewurzelt auf seinem kleinen Stück Erde, das er unter seinen Füßen zusammenscharrt. Das Weg weisende Licht, das als Ahnung aus dem »Gesetz« dringt, erreicht ihn erst im buchstäblich letzten Augenblick, in dem sich das Tor auch schon schließt.

Auf solche Sprach-Bilder, um nur ein paar Beispiele zu nennen, in die Kafka seine »unerklärliche« Existenz faßt, antworten A. T. Schaefers Bild-Bilder. Auch sie bedürfen keiner »Erklärung«. Höchstens des Hinweises, daß auch sie der Zufälligkeit des realen Seins das Absolute und Gleichnishafte abtrotzen, dem Dunkel das Licht, dem Schwarz des Todes, aus dem sie kommen und in das sie verschwinden, die Farben des Lebens. Und daß sie dazu »nur« die Wirklichkeit der Welt, die Optik von Auge und Apparat und die spezielle Chemie von Zelluloid und Papier und Druckfarbe als Hilfsmittel brauchen.

Die Hilfsmittel, die im Text benützt werden, sind in erster Linie Kafkas Werke, seine Tagebücher, Oktavhefte und Briefe, in zweiter Linie biographisches Material und erst in dritter Linie Sekundärliteratur. Die Titel der Bücher, aus denen zitiert wird, sind zusammen mit den ihnen entsprechenden Abkürzungen im Anhang vermerkt. Beim Zitieren selbst bleibt die Rechtschreibung und Interpunktion der jeweiligen Ausgaben beibehalten. Zitatbelege sind in Klammern eingefügt, weitere Verweise sind durchgehend numeriert und als Anmerkungen ebenfalls im Anhang untergebracht.

Die Zeittafel am Ende des Buches verbindet seine besondere Perspektive, die in Wort und Bild nicht nur ein Werk, sondern darüber hinaus die Existenz dessen deutet, der es hervorgebracht und zurückgelassen hat, mit dem Ganzen von Kafkas Leben.

Zürich, Dezember 1999 — Jürg Amann

Einleitung

Ich bin einsam wie Franz Kafka

»Wege zu Kafka«[1] hieß eine frühere Zürcher Dissertation, die sich mit derselben großen Unbekannten unseres Jahrhunderts auseinandersetzte, zu deren Bestimmung auch meine Untersuchung ihren Beitrag leisten will. Es scheint eines nicht geringen Muts oder aber Leichtsinns zu bedürfen, der beinahe unabsehbaren Reihe von Titeln[2], die alle Wege zu Kafka zu bezeichnen meinen, einen weiteren hinzuzufügen. Auch in einem solchen Fall scheinen sich aber die Extreme zu berühren, die unverhältnismäßige Übermacht der Sekundärliteratur über ein verhältnismäßig bescheidenes Werk eines bescheidenen Dichters kann gerade auch als Ohnmacht diesem Werk gegenüber gedeutet werden, man kann sich auf den Standpunkt stellen, wo so vieles habe gesagt werden können, sei noch nichts gesagt.

Selbst wenn dies falsch ist, selbst wenn es auch in diesem Zusammenhang stimmen mag, was Kafka über sich selbst am 23. Januar 1922 ins Tagebuch schrieb: »Es starrt im Mittelpunkt des imaginären Kreises von beginnenden Radien, es ist kein Platz mehr für einen neuen Versuch« (T. 404), so bleibt immer noch eine Möglichkeit der Rechtfertigung. Denn, bleiben wir im Bild: Der Mittelpunkt ist auch für die Interpreten Kafka, jetzt aber als Objekt, als Gegenstand ihrer Betrachtung, nicht als Subjekt. Und sie selbst bilden den Kreis, der ihn einkreisen, sie nehmen vom Horizont her, der sie sind, Anlauf zum Radius, der endlich die Brücke schlagen soll zwischen ihnen und ihm, dem Kreis und seinem imaginären Mittelpunkt, von allen möglichen Seiten. Deshalb in der Mitte, je näher, desto größer, das unentwirrbare Gedränge der Radien, die mit sich ins Gehege kommen und, da es imaginär ist wie für den Mittelpunkt der Kreis, am Ziel vorbei und über es hinausschießen. Im Mittelpunkt ihrer Interessen, wie man sagt, steht Kafka. Aber ihre Interessen dringen nicht bis zu ihm, sonst hätte doch, müßte man meinen, die Flut der Literatur einmal ein Ende. Der Grund, er ist leicht zu finden, ist eben der, daß Kafka »nicht über Korsika hinaus« kam, wie er Mitte September 1917 an seinen Freund Max Brod schrieb (B. 161). Der obigen Tagebuchstelle gehen folgende bezeichnende Sätze voraus: »Es war so, als wäre mir wie jedem andern Menschen der Kreismittelpunkt gegeben, als hätte ich dann wie jeder andere Mensch den entscheidenden Radius zu gehn und dann den schönen Kreis zu ziehn. Statt dessen habe ich immerfort einen Anlauf zum Radius genommen, aber immer wieder gleich ihn abbrechen müssen.« (T. 403) Kafka ist der Sprung über seinen Schatten nie gelungen, alles Fremde blieb ihm fremd (M. 67), er war »einsam – wie Franz Kafka« (J. 104). In der Absolutheit und Unbedingtheit einer solchen Einsamkeit ist keine Lücke für einen Zugang von außen, da ist jede Verbindung zu einer Außenwelt abgeschnitten, jede Grundlage zum Vergleich, jeder Bezugspunkt, wenigstens auf der – objektiven – Welt, genommen, und jeder Versuch, aus den Radienfragmenten einen »schönen Kreis« zu konstruieren, d. h. einen weltanschaulichen Rahmen, in dem wir selbst, »die andern Menschen«, uns heimisch fühlen, muß notwendigerweise scheitern. Es liegt in der Natur der Sache Kafka, daß über sie so viel und gleichzeitig so wenig gesagt werden kann. Dieser Dichter läßt sich nicht auf uns beziehen, auf unsere Welt, unser Leben in ihr. Er will nur auf sich selbst bezogen sein. Nur insofern wir willens und fähig sind, ihn so zu nehmen, als Radienbündel, dessen Mittelpunkt nicht zu unserem Kreis gehört, können wir ihn begreifen, auch wenn wir ihn nicht begreifen, als Franz Kafka, als eine Möglichkeit von Dasein. Und insofern spricht er denn auch zu uns. Nicht über uns, aber über sich.

Und wer könnte von sich behaupten, er habe ein nur annähernd gleiches Leben vorzuweisen und sei deshalb imstande, aufgrund von

Analogie an das Phänomen Kafka heranzukommen. Wer wirklich dazu imstande wäre, der müßte ja auch die folgende Bemerkung Kafkas über das Leben verstehen, was wiederum bedeuten würde, daß er verstünde, daß ein Leben immer unvergleichlich ist, d. h. er müßte sich zwangsläufig selber widerlegen: »Die dir zugemessene Zeit ist so kurz, daß du, wenn du eine Sekunde verlierst, schon dein ganzes Leben verloren hast, denn es ist nicht länger, es ist immer nur so lang, wie die Zeit, die du verlierst.« (DE. 331) Und es ist immer von der Art, in der du sie verlierst, könnte man hinzufügen, ganz im Sinne Kafkas, der am 18. November 1917 in sein drittes Oktavheft schrieb: »Es gibt ein Ziel, aber keinen Weg; was wir Weg nennen, ist Zögern.« (H. 83, auch 42) Oder, um zur Begrifflichkeit des vorigen Zitates zurückzukehren, was wir Weg nennen, ist die spezifische Art, in der ein jeder, je verschieden, seine Zeit verliert, indem er sein Leben lebt, also doch seinen Weg geht, auch wenn es diesen Weg, bevor er gegangen wird, nicht gab, auch wenn wir, ihn gehend, lebend, unsere Zeit verlierend, sterben. Wo wäre da, in dieser totalen Gleichsetzung von Leben und individuellem Lebensweg, noch ein Ansatzpunkt zum Vergleich? – Jeder Versuch, Kafka von außen zu begegnen, käme einer Zurückführung seiner Eigengesetzlichkeit auf unser Maß gleich und wäre notgedrungen eine Verfälschung oder mindestens seine Reduktion auf das Allgemeinverständliche an ihm. Wir dürfen aber das Einzigartige nie für ein – psychologisches, ideologisches oder metaphysisches – Weltbild in Anspruch nehmen, es sei denn für jenes, das es selbst, indem es einzigartig ist, erst entwirft.

»Diejenigen, welche ihre Natur von der Gemeinschaft fernhält, brauchen auch keine Verteidigung, denn das Unverständnis kann sie nicht treffen, weil sie dunkel sind, und Liebe findet sie überall. Sie brauchen auch keine Kräftigung, denn wenn sie wahrhaftig bleiben wollen, können sie nur von sich selbst zehren, so daß man ihnen nicht helfen kann, ohne ihnen vorher zu schaden.« (E. 317) Das gilt auch nach ihrem Tod. Man kann sich ihnen nicht nähern, ohne ihnen zu nahe zu treten. Was bleibt übrig? – Auf den Kreis von vornherein verzichten, von dem aus die Wege zu Kafka nicht führen können, weil Kafkas von begonnenen Radien strotzende Mitte zu ihm nicht gehört. Statt dessen den Weg zu Kafka aufspüren, nicht meinen Weg: seinen Weg, Kafkas Weg zu sich selbst. Möglich ist das nur dann, wenn ich ihn nicht als Objekt behandle, an dem ich meine Studien treibe, sondern ihn im Zentrum seines imaginären Kreises belasse und, wie er es selber ein Leben lang getan hat, seine verschiedenen Anläufe zu Radien nachzeichne, das in dieser Nachzeichnung sichtbar werdende Muster als in sich geschlossenes, zunächst nicht über sich hinaus weisendes System auf seine persönliche Gesetzmäßigkeit hin untersuche und »dieses Grenzland zwischen Einsamkeit und Gemeinschaft«, das er »nur äußerst selten überschritten«, »darin« er sich »sogar mehr angesiedelt« hat »als in der Einsamkeit selbst« (T. 394, 29. Okt. 1921), solange vermesse, bis ich, wie Kafka selbst beim Durchblättern seines Tagebuches am 15. Oktober 1914, »eine Art Ahnung der Organisation eines solchen Lebens« bekomme (T. 315), dessen, was Klaus Wagenbach als »Grundmuster« bezeichnet hat[3] (KM. 107 und 121). Dabei macht es uns Kafka nun in zweierlei Hinsicht verhältnismäßig leicht. Erstens indem er selbst, wenn immer er schrieb, seien es nun Tagebücher, Prosastücke, Aphorismen oder Briefe gewesen, nur entweder die schrittweise Aufdeckung, Verbildlichung, Verankerung in sich selbst oder aber die Abschirmung dessen gegen Fremdes im Sinn hatte, was er als Eigengesetzlichkeit in sich wußte von Anfang an, die Suche nach dem persönlichen Gesetz in sich und über sich also selbst zum Gegenstand des Schreibens, das eben seine Form dieses Suchens war, gemacht hat. Zweitens weil, eben teils gerade wegen dieser Identität von Form und Inhalt – das Schreiben als Aufdecken des Grundmusters gehört mit zu diesem – und der damit verbundenen letzten Konzentration auf sich

selbst, der er also gleichzeitig Subjekt und Objekt seines Schreibens war, sein Leben einfach auf den Nenner des ihm innewohnenden und in ihm, im Laufe seiner selbst, immer deutlicher sichtbar werdenden Gesetzes gebracht werden kann, nicht weil das Leben, das er zu leben hatte, sondern weil das Gesetz dieses Lebens ein einfaches war, gerade in dieser leicht zu durchschauenden und doch nicht zu ändernden einfachen Endgültigkeit aber einmalig. Kafka selbst beschreibt es rückblickend 1919 im »Brief an den Vater« folgendermaßen lapidar: »Es ist so, wie wenn einer fünf niedrige Treppenstufen hinaufzusteigen hat und ein zweiter nur eine Treppenstufe, die aber, wenigstens für ihn, so hoch ist, wie jene fünf zusammen; der erste wird nicht nur die fünf bewältigen, sondern noch hunderte und tausende weitere, er wird ein großes und sehr anstrengendes Leben geführt haben, aber keine der Stufen, die er erstiegen hat, wird für ihn eine solche Bedeutung gehabt haben, wie für den zweiten jene eine, erste, hohe, für alle seine Kräfte unmöglich zu ersteigende Stufe, zu der er nicht hinauf- und über die er natürlich auch nicht hinauskommt.« (H. 209)

Auch wenn hier konkret »nur« von den gescheiterten Heiratsversuchen die Rede ist, so weiß Kafka genau, daß sie für das Ganze stehen: für sein allgemeines Scheitern am Leben. Denn wer ein Leben lang vor derselben Stufe steht, die so breit ist, daß er an ihr nicht vorbeikann, und so hoch, daß er außer ihr nichts sieht, dem muß die Steilwand vor Augen, der Schauplatz seines Kämpfens und seiner Niederlagen, zum Leben selbst werden wie Sisyphos sein Berg und sein Felsen (nicht zufällig wohl enthält Camus' »Mythos von Sisyphos« auch ein Kapitel über Kafka[4]), und daran ändert auch die Einsicht nichts, daß im Grunde nicht die Stufe ungewöhnlich mächtig, sondern der, der vor ihr steht, in Hinsicht auf sie ungewöhnlich schwächlich ist. Wer ein Leben lang in derselben Steilwand hängt, ist schließlich nicht mehr von ihr zu unterscheiden. Von Prometheus, der ihm näher stand als Sisyphos, schreibt Kafka in einer kurzen Erzählung, mit der wir uns später eingehender auseinanderzusetzen haben, er habe sich im Schmerz immer tiefer in den Fels gedrückt, »bis er mit ihm eins wurde« (DE. 303). Darin, in diesem Einswerden mit dem persönlichen Schicksal, liegt nun auch davon etwas, was wir Größe nennen.

Der an seiner Stufe Scheiternde wird im neuen Bild gleichsam erhöht. Denn nicht wahr, wenn es auch stimmt, was in jenem schon zitierten Brief an Max Brod steht: »... ich komme, so ist es bestimmt, nicht über Korsika hinaus« (B. 161), so müssen wir uns dessen bewußt sein, daß es Kafka ist, der das sagt. – Wäre es Napoleon, wäre er, der die Welt erobern sollte, nicht über seine Insel hinausgekommen, müßten wir von einem Versagen sprechen. Da es Kafka ist, dem »es so bestimmt ist«, dürfen wir es mit Canetti, so paradox dies zunächst erscheinen mag, als »die Freiheit des Schwachen« betrachten, »der sein Heil in Niederlagen sucht« (C. 117). Es ist klar, daß das Wort »Niederlage« in diesem Zusammenhang nur insofern seine Berechtigung hat, als es Synonym ist für den Sieg des Schwachen. »Und diese Überlegung ist in Wirklichkeit die einzige berechtigte«, schreibt Kafka in jenem langen Brief vom 5. Juli 1922 an seinen Freund Brod, in dem er die Bilanz seiner schriftstellerischen Existenz zieht, »denn das Dasein des Schriftstellers ist wirklich vom Schreibtisch abhängig, er darf sich eigentlich, wenn er dem Irrsinn entgehen will, niemals vom Schreibtisch entfernen, mit den Zähnen muß er sich festhalten.« (B. 386) Und etwas weiter vorn: »Das Schreiben erhält mich, aber ist es nicht richtiger zu sagen, daß es diese Art Leben erhält? Damit meine ich natürlich nicht, daß mein Leben besser ist, wenn ich nicht schreibe. Vielmehr ist es dann viel schlimmer und gänzlich unerträglich und muß mit dem Irrsinn enden. Aber das freilich nur unter der Bedingung, daß ich, wie es tatsächlich der Fall ist, auch wenn ich nicht schreibe, Schriftsteller bin und ein nicht schreibender Schriftsteller ist allerdings ein den Irrsinn herausforderndes Unding.« (B. 384) Einer der, auch wenn er nicht schreibt, Schriftsteller ist, dessen sichtbares oder unsichtbares Zentrum, wie es bei Kafka »tatsächlich der Fall ist«, also das Schreiben ist und dessen Bestimmung, nicht über den Schreibtisch hinauszukommen, der würde sie ja gerade verfehlen, wenn er seine Insel, den Schreibtisch, überwände, um die Welt zu erobern.

Kafkas Schreiben, das sowohl sein Leben als auch untrennbar mit seinem lebenslangen Scheitern am Leben verbunden war, war ein Sieg des Genialen. Und dieses Geniale, diesen – man kann sich hier gar nicht paradox genug ausdrücken – ewigen Sieg durch Niederlage, dieses Zentrum des Dichterischen, das sich schmerzlich dem Leben abtrotzt, umkreisen die meisten von Kafkas Schriften und schützen es, dem sie selber entstammen, zugleich von außen.

»Vielleicht gibt es auch anderes Schreiben«, meint er in demselben Brief, »ich kenne nur dieses; in der Nacht, wenn mich die Angst nicht schlafen läßt, kenne ich nur dieses. Und das Teuflische daran scheint mir klar. Es ist die Eitelkeit und Genußsucht, die immerfort um die eigene oder auch um eine fremde Gestalt – die Bewegung vervielfältigt sich dann, es wird ein Sonnensystem der Eitelkeit – schwirrt und sie genießt. Was der naive Mensch sich manchmal wünscht: ›Ich wollte sterben und sehn, wie man mich beweint‹, das verwirklicht ein solcher Schriftsteller fortwährend, er stirbt (oder er lebt nicht) und beweint sich fortwährend.« (B. 384 f.)

Acht Jahre früher schon, am 6. August 1914, hat er in seinem Tagebuch festgestellt: »Von der Literatur aus gesehen ist mein Schicksal sehr einfach. Der Sinn für die Darstellung meines traumhaften innern Lebens hat alles andere ins Nebensächliche gerückt, und es ist in einer schrecklichen Weise verkümmert und hört nicht auf, zu verkümmern. Nichts anderes kann mich jemals zufriedenstellen.« (T. 300)

Schreiben als Schwirren um die eigene Gestalt, als Darstellung des eigenen inneren Lebens: in diese eine Richtung gehen auch viele der von Gustav Janouch festgehaltenen mündlichen Äußerungen Kafkas: »... so kommt es zum Schluß zur Herausgabe von Dingen, die eigentlich nur ganz private Aufzeichnungen oder Spielereien sind. Persönliche Belege meiner menschlichen Schwäche werden gedruckt und sogar verkauft, weil meine Freunde, mit Max Brod an der Spitze, es sich in den Kopf gesetzt haben, daraus Literatur zu machen, und ich nicht die Kraft besitze, diese Zeugnisse der Einsamkeit zu vernichten.« (J. 48) – »Die Feder ist aber nur ein seismographischer Griffel des Herzens.« (J. 74) – »Sie irren. Mein Geschreibsel verdient keinen Ledereinband. Es ist nur mein ganz persönliches Schreckgespenst.« (J. 203) Und schließlich: »Es handelt sich darum, den Zusammenhang der Dinge und Zeit zu erfassen, sich selbst zu entziffern, das eigene Werden und Vergehen zu durchdringen.« (J. 208)

»Er kannte für die privaten Vorgänge in ihm nicht jene Mißachtung, durch die sich nichtssagende Schreiber von Dichtern unterscheiden«, schreibt Elias Canetti über Kafka: »Wer meint, daß es ihm gegeben sei, seine innere Welt von der äußeren zu trennen, hat gar keine innere, von der etwas zu trennen wäre.« (C. 67)

So werden auch wir nicht unterscheiden können zwischen einem »inneren« und einem »äußeren« Kafka. Es gibt nur einen: den durch ihn selbst gesehenen und festgehaltenen. Und dieses subjektive, d. h. auf das Subjekt Kafka selbst bezogene Bild, das wir durch Nachzeichnen seines Selbstbildnisses in Sprache erhalten werden, wird in keiner Weise – eben wegen seiner Subjektivität – verfälscht, im Gegenteil – es ist ja Kafkas und nicht unsere Subjektivität – wird das einzig richtige, weil einzig mögliche sein, wie wir gesehen haben. Die Art, in der sich ein Subjekt sieht und, falls es sich um einen Dichter handelt, mit seiner Sprache zu umreißen sucht, gehört wesentlich mit zu diesem Subjekt.

An Grete Bloch schrieb Kafka am 8. Mai 1914: »Solche Gesetze, die man selbst auffindet, sind natürlich an sich ganz bedeutungslos, aber doch nicht ohne Bedeutung für die Charakterisierung dessen, der sie findet, besonders da sie ihn, wenn sie einmal gefunden sind, mit einer Art wirklicher Körperlichkeit beherrschen.« (F. 573) Mit anderen Worten: so verstandene, vom Zentrum des zu untersuchenden Gegenstandes ausgehende Subjektivität ist die einzig mögliche Form von Objektivität, mit der wir dem Einzigartigen, Unvergleichlichen begegnen können, ohne ihm »vorher zu schaden« (E. 317).

»Meine Figuren haben keine richtigen räumlichen Proportionen. Sie haben keinen eigenen Horizont. Die Perspektive der Figuren, deren Umriß ich da zu erfassen versuche, liegt vor dem Papier, am anderen, ungespitzten Ende des Bleistiftes – in mir!« (J. 58) – Wenn das, was Kafka hier über seine Art zu zeichnen sagt, auch für sein Schreiben zutrifft, dann dürfen wir uns nicht wundern, daß es gar nicht von ihm abgelöst werden kann, daß sein Wort nur dann sinnvoll wird, wenn wir es auf ihn beziehen, dann erstaunt es auch nicht länger, daß man bei Kafka seltsamerweise eher versucht ist, das Leben durch das Werk zu belegen, statt umgekehrt aufgrund biographischer Daten die Dichtung aufzuhellen. Ziel dieses Buches jedenfalls ist die Darstellung des einmalig Dichterischen, und zwar nicht in erster Linie in seinem Aussehen, seiner Erscheinungsform, seiner Auswirkung nach der Werk-Seite hin, sondern in seinem Zustandekommen von der Existenz-Seite her; nicht die Dichtung, der Dichter wird im Zentrum stehen, das Werk wird einmal nicht interpretiert, sondern zur Interpretation einer Daseinsform herangezogen und nur insofern wieder von dieser beleuchtet. Damit wird Dichtung nicht vom Leser aus betrachtet, sondern von ihrem Schöpfer, wird ihr jene Funktion zurückgegeben, die sie für ihn primär hatte, die des Kommentars. Denn was anderes als ihn selbst, sollte etwa Kafkas kleine Geschichte »kommentieren«, der Max Brod den Titel »Gibs auf!« (BK. 115 u. DE. 377) gab, die Kafka in Wirklichkeit aber mit den bis heute ignorierten oder jedenfalls nicht gedeuteten Worten »Ein Kommentar«[5]

überschrieb, die von unserem Gesichtspunkt her plötzlich einen so einfachen Sinn erhalten. Der Kommentar, den man normalerweise einem Künstlerleben entnimmt, um seine Kunst besser verstehen zu lernen, ist bei Kafka seine Kunst selbst. – Weil er so ganz in ihr ist? Weil nicht nur sie aus ihm, sondern auch er aus ihr sich erklärt? – Diesen Fragen werden wir Beachtung schenken müssen, um es nicht als Willkür erscheinen zu lassen, wenn wir im Laufe unserer Untersuchung Leben und Werk, Biographisches, Autobiographisches und Dichtung gleichwertig aufeinander beziehen werden, um Kafka »selbst zu entziffern«, sein »Werden und Vergehen« im »Zusammenhang der Dinge und Zeit« zu begreifen (J. 208).

Nur ein erster Hinweis auf die vermutete Schicksalsgemeinschaft einer Dichtung und ihres Dichters sei hier schon gegeben. Am 19. Oktober 1921 schreibt Kafka in seinem Tagebuch: »Derjenige, der mit dem Leben nicht lebendig fertig wird, braucht die eine Hand, um die Verzweiflung über sein Schicksal ein wenig abzuwehren – es geschieht sehr unvollkommen –, mit der anderen Hand aber kann er eintragen, was er unter den Trümmern sieht, denn er sieht anderes und mehr als die anderen, er ist doch tot zu Lebzeiten und der eigentlich Überlebende. Wobei vorausgesetzt ist, daß er nicht beide Hände und mehr, als er hat, zum Kampf mit der Verzweiflung braucht.« (T. 392)

Wir werden uns wohlweislich hüten anzunehmen, die eine dieser Hände wisse jemals nicht, was die andere tut. – In einem kurzen Fragment findet sich folgendes Bild: »Nicht Biographie, sondern Untersuchung und Auffindung möglichst kleiner Bestandteile. Daraus will ich mich dann aufbauen, so wie einer, dessen Haus unsicher ist, daneben ein sicheres aufbauen will, womöglich aus dem Material des alten. Schlimm ist es allerdings, wenn mitten im Bau seine Kraft aufhört und er jetzt statt eines zwar unsichern aber doch vollständigen Hauses, ein halbzerstörtes und ein halbfertiges hat, also nichts. Was folgt ist Irrsinn, also etwa ein Kosakentanz zwischen den zwei Häusern, wobei der Kosak mit den Stiefelabsätzen die Erde so lange scharrt und auswirft, bis sich unter ihm sein Grab bildet.« (H. 388)

Welches dieser beiden Häuser, das halbzerstörte des Lebens oder das immer unfertige der Kunst, wäre denn hier das eigentlichere? Welchem wäre der Vorrang zu geben? – Stammt nicht das Material des halbfertigen Hauses vom halbzerstörten, sind nicht Zerstörung des einen und Aufbau des anderen so voneinander abhängig, daß man von einem einzigen Prozeß sprechen muß, sind nicht gerade die beiden Häuser zusammen, die ohne einander so gar nicht denkbar wären, samt dem Grab, das er sich beim Hin- und Herlaufen zwischen ihnen langsam scharrt, als Ganzes der Lebensraum des einsamen Kämpfers? – Zugegeben, normalerweise lebt man in einem Haus und nicht zwischen zweien. Aber ist denn Kafka »normal«? Würden wir denn heute noch von ihm sprechen, würde ich mich wissenschaftlich mit ihm beschäftigen, wenn er »normal« wäre? – Gerade darin unterscheidet sich doch die Literaturwissenschaft von den sogenannten Naturwissenschaften, daß sie sich der Ausnahmen annimmt, das Gesetz im einzelnen erforscht, statt vom Naturgesetz her, das immer ein Gesetz des Durchschnitts ist, das Einzelne, Einzigartige, Nicht-Vergleichbare als Ausnahme zu diskriminieren.

»Flauberts Vater tuberkulös.« Notiert am 25. September 1917, kurz nach dem Ausbruch seiner eigenen Tuberkulose, Kafka in seinem Tagebuch: »Wahl: entweder geht dem Kinde die Lunge flöten (sehr schöner Ausdruck für die Musik, um derentwillen der Arzt das Ohr an die Brust legt) oder es wird Flaubert. Zittern des Vaters, während im Leeren darüber beraten wird.« (T. 382)

Im Leeren ... Wo wäre ein Platz für das, worüber im Leeren beraten wird – sei es nun Flaubert oder Kafka –, wenn nicht in der Geisteswissenschaft, die umgekehrt ihre Existenz nur diesen hervorragenden Ausnahmen verdankt, ohne die es eine Geschichte und eine Literatur in dieser Geschichte nicht gäbe, der Eigengesetzlichkeit dessen, wodurch aus dem Leeren heraus immer wieder die Zeit unvorhergesehen und unberechenbar sich erneuert, dem, was wir Genie nennen.

Auch die Psychologie lebt in hohem Maße von der Ausnahme, die sie aber nicht in Hinsicht auf ihre Eigengesetzlichkeit behandelt, sondern in Hinsicht auf das Gesetz, dem sie nicht entspricht. Und solange diese Psychologie vom »Normalen« ausgeht, solange sie nicht anerkennt, daß »Krankheit« Funktion in Hinblick auf die Selbstverwirklichung einer Individualität nach ihrem inneren Gesetz haben und also über der »Gesundheit« stehen kann, solange sie eben die Psychologie der Lebenstüchtigen ist, hat sie nichts zum Verständnis des Einmaligen beizutragen, dessen, was, um unter den Lebenstüchtigen das zu bleiben, was es ist, und das zu werden, wozu es sich bestimmt weiß, vor diesen Lebenstüchtigen sich in den einzig sicheren Bannkreis der »Krankheit« flüchtet (es ist aus der Welt in den Kreis verbannt, der Kreis bannt die Welt vor ihm zurück).

»Du sagst, daß du es nicht verstehst.« Sagt Kafka, der sich selbst mit der Psychoanalyse, der Erfindung, mit der zusammen sozusagen er aufgewachsen ist, leidenschaftlich auseinandergesetzt hat, über sein Eigengesetz: »Such es zu verstehen, indem du es Krankheit nennst. Es ist eine der vielen Krankheitserscheinungen, welche die Psychoanalyse aufgedeckt zu haben glaubt. Ich nenne es nicht Krankheit und sehe in dem therapeutischen Teil der Psychoanalyse einen hilflosen Irrtum. Alle diese angeblichen Krankheiten, so traurig sie auch aussehn, sind Glaubenstatsachen, Verankerungen des in Not befindlichen Menschen in irgendwelchem mütterlichen Boden; so findet ja auch die Psychoanalyse als Urgrund der Religionen auch nichts anderes als was die ›Krankheiten‹ des einzelnen begründet, allerdings fehlt heute die religiöse Gemeinschaft, die Sekten sind zahllos und meist auf Einzelpersonen beschränkt, aber vielleicht zeigt sich das so nur dem von der Gegenwart befangenen Blick. Solche Verankerungen, die wirklichen Boden fassen, sind aber doch nicht ein einzelner Besitz des Menschen, sondern in seinem Wesen vorgebildet und nachträglich sein Wesen (auch seinen Körper) noch weiter in dieser Richtung umbildend. Hier will man heilen?« (H. 335, auch M. 188)

Jedes Individuum, erst recht also das individuellste unter ihnen, das Genie, hat seine eigene Psychologie. »Jeder Mensch hat sein Leben und seinen Gott«, soll Kafka zu Gustav Janouch gesagt haben. (J. 223) – Es ist seltsam, daß wir das Genie akzeptieren, geradezu hervorheben aus dem Durchschnitt, dann aber das Geniale, das es ausmacht, eben seine Psychologie an der des Durchschnitts messen und von da her das Kranke nennen. Hier, in der Erklärung solcher inkonsequenter menschlicher Verhaltensweisen, hätte die Psychologie freilich ein weites Betätigungsfeld. Wo aber die Krankheit zum Wesen eines Menschen wird, oder, um zu Kafkas »Prometheus« zurückzukehren, wo einer eins wird mit dem Felsen, an den er von den Göttern geschmiedet wurde, da kann man nicht »helfen«, ohne »vorher zu schaden« (E. 317), da wird mit den Kategorien »krank« und »gesund« nichts erklärt, weil es da überhaupt nichts mehr zu erklären, d. h. kausal abzuleiten oder zurückzuführen gibt. Weil weder die Krankheit die Dichtung, noch die Dichtung die Krankheit genügend begründet. Weil beide so zusammengehören, wie das »halbzerstörte« und das »halbfertige« Haus (H. 388) oder wie Geist und Körper, wobei die Dichtung der Körper wäre, die Krankheit, »in seinem Wesen vorgebildet und nachträglich sein Wesen (auch seinen Körper) noch weiter in dieser Richtung umbildend« (H.335), der Geist. So wie moderne Dichtung mehr und mehr auf das »Wie« verzichtet und sich absolut setzt in ihrem Weltentwurf, so muß auch die Literaturwissenschaft, die sich mit dieser Dichtung befaßt, mehr und mehr ohne den Vergleich und den Bezugspunkt außerhalb der betrachteten Einzelerscheinung auskommen, ganz konsequent ernst machen mit dem, was man seit Herder »Historismus« nennt. Diese Arbeit versucht, das was Herder als Methode zum Geschichtsverständnis entwickelt hat, auf den Individualbereich der dichterischen Ausnahmeerscheinung anzuwenden, denn zu verstehen gibt es auch da noch viel, wo nichts mehr zu erklären ist. Sie wird also allein mit der Methode der Einfühlung den Weg zu gehen bemüht sein, der einzig zu Kafka führt, den Weg durch Kafka zu Kafka. Das Gehen wird ein Nachgehen sein, ein Nachvollzug jenes Selbstbewußtwerdungsprozesses, der Kafka eins werden ließ mit seiner Bestimmung und der selbst sowohl zu ihr gehörte, als auch wieder Gegenstand der Selbsterkenntnis war. Zielpunkt der Untersuchung ist die Taktik, mit der sich der Künstler, sich immer vor dem Leben schützend, mit blinder Sicherheit diesem Leben abringt, die innere Logik der Seele, mit der sie sich selbst verwirklicht, das Geniale, das hier als Psychologie des Genies definiert sei. (Daß Psychologie in diesem Sinne nichts mit der gleichnamigen Wissenschaft zu tun haben kann, geht schon aus dem Vorangehenden hervor und wird nochmals deutlicher, wenn man sich vor Augen hält, daß sie hier ja nicht als Mittel zum Zweck der Erklärung mißbraucht, sondern selbst Gegenstand der Betrachtung wird, den es zu erkennen gilt.)

Mit anderen Worten, und damit ist der Kreis vorerst geschlossen, geht es darum, zu zeigen, was es heißt, wenn Kafka von sich sagt: »Ich bin einsam – wie Franz Kafka.« (J. 104) Wenn man dabei, bei diesem Versuch der Einfühlung ins Unvergleichbare, trotz dieser letztlichen Unvergleichbarkeit von sich sagen kann: »Ich bin einsam wie Franz Kafka«, so ist das bei Kafka, bei dem, wie wir sahen, kaum eine andere Form der Objektivität als die subjektive, d. h. die vom Subjekt Kafka ausgehende, möglich ist, mindestens so sehr Vorteil als Gefahr.

Kafka zitiert in seinem Tagebuch am 12. Juni 1914 einen »Brief Dostojewskis an eine Malerin«.

»Das gesellschaftliche Leben geht im Kreis vor sich.« Heißt es da: »Nur die mit einem bestimmten Leiden Behafteten verstehen einander. Sie bilden kraft der Natur ihres Leidens einen Kreis und unterstützen einander. Sie gleiten an den inneren Rändern ihres Kreises entlang, lassen einander den Vorrang oder schieben im Gedränge einer sanft den andern. Jeder spricht den anderen zu, in der Hoffnung einer Rückwirkung auf sich oder, dann geschieht es leidenschaftlich, im unmittelbaren Genuß dieser Rückwirkung. Jeder hat nur die Erfahrung, die ihm sein Leben gestattet, trotzdem hört man unter solchen Genossen den Austausch ungeheuerlich verschiedenartiger Erfahrungen. ›Du bist so‹, sagt einer zum andern, ›statt zu klagen, danke Gott dafür, daß du so bist, denn wärst du nicht so, dann wärest du in diesem oder jenem Unglück, in dieser oder jener Schande.‹ Woher weiß das nun dieser Mann? Er gehört doch, das verrät dieser Ausspruch, zu dem gleichen Kreis wie der angesprochene, seine Trostbedürftigkeit ist gleicher Art. Im gleichen Kreis weiß man aber immer das gleiche. Es gibt nicht den Hauch eines Gedankens, den der Tröstende vor dem Getrösteten voraus hätte. Ihre Gespräche sind daher nur Vereinigungen der Einbildungskraft, Übergüsse der Wünsche von einem auf den andern. Einmal sieht der eine zu Boden und der andere einem Vogel nach, in solchen Unterschieden spielt sich ihr Verkehr ab. Einmal einigen sie sich im Glauben und sehen beide Kopf an Kopf in unendliche Richtungen der Höhe. Erkenntnis ihrer Lage zeigt sich aber nur dann, wenn sie gemeinsam die Köpfe senken und der gemeinsame Hammer auf sie niedergeht.« (T. 288 f.)

Erkenntnis der Lage wird, unter günstigsten Voraussetzungen, das Höchste sein, was uns beschieden sein kann. Wir werden vielleicht verstehen, daß Prometheus und der Fels, an den er geschmiedet ist, eins sind von Anfang an, zu einer Erklärung werden wir nicht kommen. – »Blieb das unerklärliche Felsgebirge.« Endet Kafkas Mythos: »Die Sage versucht das Unerklärliche zu erklären. Da sie aus einem Wahrheitsgrund kommt, muß sie wieder im Unerklärlichen enden.« (DE. 303) – »Es genügt«, schreibt Kafka zwei Jahre vor seinem Tod, am 20. Januar 1922 in sein Tagebuch, »daß die Pfeile genau in die Wunden passen, die sie geschlagen haben.« (T. 401)

C – Der Kampf mit der Stufe

1. Die Wunde

In einem späteren der leider fast durchgehend undatierten Briefe an Milena, die aus den Jahren 1920–23 stammen[6], erzählt Kafka seiner letzten Briefgeliebten über die Lektüre eines chinesischen Gespensterbuches, das nur vom Tod handle: »Dann lacht ein Schüler einen Lehrer aus, der nur vom Tod spricht: ›Immerfort sprichst du vom Tod und stirbst doch nicht.‹ ›Und doch werde ich sterben. Ich sage eben meinen Schlußgesang. Des einen Gesang ist länger, des andern Gesang ist kürzer. Der Unterschied kann aber immer nur einige Worte ausmachen.‹«

Soweit das Zitat. Kafka fügt hinzu: »Das ist richtig und es ist unrecht, über den Helden zu lächeln, der mit der Todeswunde auf der Bühne liegt und eine Arie singt. Wir liegen und singen jahrelang.« (M. 183) Zwölf Jahre lang, möchten wir sagen, um das Wort auf ihn zu beziehen, über den er es selbst zweifellos gesprochen hat.

Wohl knappe drei Jahre früher, nach seinem dritten und letzten gescheiterten Heiratsversuch, hatte Kafka in einem Erklärungsschreiben vom 24. November 1919 an die Schwester seiner damaligen Braut Julie Wohryzek die Art seiner »Todeswunde« beschrieben[7]:

»Sie wissen«, schrieb er, »wie J. und ich bekannt wurden. Der Anfang der Bekanntschaft war sehr merkwürdig und für Abergläubische nicht eigentlich glückverheißend. Wir lachten einige Tage lang, wann wir einander begegneten, ununterbrochen, beim Essen, beim Spazierengehn, beim Einander-gegenüber-sitzen. Das Lachen war im Ganzen nicht angenehm, es war ohne sichtbaren Grund, es war quälend, beschämend. Es trug dazu bei, daß wir uns von einander ferner hielten, das gemeinsame Essen aufgaben, seltener einander sahn. Es entsprach das, glaube ich, auch unserer sonstigen Absicht. Ich hatte zwar ein / von Krankheit abgesehen / verhältnismäßig glückliches freies ruhiges Jahr hinter mir, aber ich war doch nur wie einer der wund ist und solange er nirgends anstößt, leidlich lebt, aber bei der ersten richtig treffenden Berührung in die schlimmsten ersten Schmerzen zurückgeworfen wird und zwar nicht so als ob die alten Erlebnisse wieder lebendig würden, nein, die sind und bleiben vergangen, aber es ist das Formelle der Schmerzen übriggeblieben, förmlich ein alter Wundkanal und in diesem fährt jeder neue Schmerz gleich auf und ab, schrecklich wie am ersten Tag und schrecklicher weil man doch so viel weniger widerstandsfähig ist. Ich weiß nicht, ob Sie etwas Ähnliches in Ihrer Erfahrung haben. Mir aber war es damals schon in den ersten Tagen so, eine der ersten Nächte war meine erste schlaflose Nacht seit einem Jahr, ich verstand die Drohung.« (S. 36)[8]

Neben dem Hinweis auf das Wundsein, das offensichtliche Alter der Wunde fällt in diesem Abschnitt vor allem der im Liebesbereich eher ungewöhnliche Zusammenhang zwischen Begegnung – nicht etwa Trennung oder Abschied – und neuem Aufbrechen einer alten Wunde ins Auge, ein Zusammenhang, auf den hier nur im Vorübergehen aufmerksam gemacht werden soll und der sich später von selbst erhellen wird. Nicht erst beim dritten Heiratsversuch war die Wunde, die auch ihn wie die zwei vorangegangenen schließlich ganz zum Scheitern brachte, alt, alt war sie schon zwei Jahre früher, als Kafka aus der Sicherheit seines Landrefugiums bei seiner Lieblingsschwester Ottla in Zürau mitten in der Flucht vor seiner zweiten Verlobung mit Felice Bauer am 19. September 1917 in seinem Tagebuch resümieren konnte: »Es ist das Alter der Wunde, mehr als ihre Tiefe und Wucherung, was ihre Schmerzhaftigkeit ausmacht. Immer wieder in gleichen Wundkanal aufgerissen werden, die zahllos operierte Wunde wieder in Behandlung genommen sehn, das ist das Arge.« (T. 379)

Es bleibt nicht bei solchen Beschreibungen. Wie über alles, was ihn zentral angeht, weiß Kafka über Jahre hinweg genauestens Bescheid, hat er doch über sein Leben Buch geführt wie kaum ein anderer, ja hat er es doch eigentlich, in Briefen, Notizheften, Tagebüchern und Werken, literarisch gelebt. So kann es nicht überraschen, daß er sich, rund zehn Jahre nach dem betreffenden Ereignis, wiederum in einem Brief an Milena jener Nacht erinnert, in der er erstmals schmerzlich an seine wunde Stelle rührte:

»In jener Geschichte hängt jeder Satz, jedes Wort, jede – wenn's erlaubt ist – Musik mit der ›Angst‹ zusammen, damals brach die Wunde zum erstenmal auf in einer langen Nacht und diesen Zusammenhang trifft die Übersetzung für mein Gefühl genau, mit jener zauberhaften Hand, die eben Deine ist.« (M. 163 f.)

Die Geschichte, von deren Übersetzung ins Tschechische durch Milena hier die Rede ist, ist »Das Urteil«, die »lange Nacht« demnach jene vom 22. auf den 23. September 1912, in deren Verlauf Kafka, indem er sie durchschrieb, sein Durchbruch glückte[9]. Bemerkenswert in unserem Zusammenhang ist aber nicht nur das Zusammenfallen von Kafkas literarischem Durchbruch mit dem Aufbrechen seiner Wunde, ebenso bemerkenswert ist, daß die »Angst« mit dieser Wunde im selben Atemzug genannt wird, und dies in bezug auf eine Erzählung, die nicht nur Kafkas erste gültige war, sondern in der er gleichzeitig sein erstes literarisches Todesurteil über einen Helden sprechen ließ, der sich kurz vor der Erfüllung seiner Sehnsucht wähnte, an der Seite einer Frau als vollgültiges Mitglied der Menschheit in der Welt Fuß zu fassen. »Angst« wird übrigens in diesem Brief mit Anführungszeichen versehen, weil dieser Zustand Kafkas im Verlaufe des Briefwechsels mit Milena schon oft diskutiert worden war und der Begriff deshalb längst beiderseits bekannte Umrisse bekommen hatte, die auch uns nicht gleichgültig sein dürfen. Überhaupt wird uns der Bezug von erfüllter Sehnsucht und Angst einerseits und von Frau und Welt andrerseits, vor allem aber aller gegenseitig, auf diesem Hintergrund von Kafkas Wunde insofern ganz wesentlich beschäftigen müssen, als jene ersten in ihrer Komplexheit diese letzte ausmachen.

2. Das vorweggenommene Urteil

»Findest Du im ›Urteil‹ irgendeinen Sinn«, fragte Kafka am 2. Juni 1913, kurz nachdem er ihr stolz den ihr gewidmeten Erstdruck nach Berlin übersandt hatte, seine Braut Felice Bauer, »ich meine irgendeinen geraden, zusammenhängenden, verfolgbaren Sinn? Ich finde ihn nicht und kann auch nichts darin erklären.« (F. 394)

Möglich, daß dieser Erguß einer Nacht wirklich nicht auf einen einheitlichen Nenner zu bringen ist, möglich, daß er nicht zu erklären ist und auch seinerseits nichts erklärt. Verblüffend ist aber doch die ihm innewohnende visionäre Kraft, die Hellsicht einer überempfindlichen Nachtwache, die in einem wohl mehr gefühlten als gezielten Wurf ein Leben so entwarf, daß dieses Leben nicht mehr anders konnte, als seinem Entwurf ähnlich zu werden.

»Aber es ist vieles Merkwürdige daran«, fährt der Brief fort. »Sieh nur die Namen! Es ist zu einer Zeit geschrieben wo ich Dich zwar schon kannte und die Welt durch Dein Dasein an Wert gewachsen war, wo ich Dir aber noch nicht geschrieben hatte.« (F. 394)

Das ist nicht ganz richtig. Kafkas erster Brief an seine Braut ist vom 20. September 1912 datiert[10], zwei Tage vor der verhängnisvollen wegweisenden Nacht also. Der Fehler mag einer durchaus erklärlichen Erinnerungsschwäche des Briefschreibers zugeschrieben werden – das Ereignis lag immerhin schon dreiviertel Jahre zurück –, denkbar ist aber auch, daß jenes in letzter Konsequenz schon seine Verlobung beinhaltende Schriftstück genauso noch in seiner Tasche steckte wie die Verlobungsanzeige in der des Erzählungshelden, als Kafka erst noch, wie Georg Bendemann in der direkten Auseinandersetzung mit dem Vater, innerlich, d. h. literarisch, die letzte Instanz zu passieren hatte, deren vernichtenden Urteils er sich zuerst in einer zerquälten Nacht vergewissern mußte, um mit dem Mut des von vornherein Geschlagenen frei zu einer Entscheidung zu werden, deren Erfolg er nicht hätte ertragen können (DE. 27–38). Der Brief wäre dann zwar wohl schon geschrieben, aber zum erklärten Zeitpunkt noch nicht abgeschickt gewesen. Fest steht jedenfalls, wie das vielerorts schon festgestellt wurde, der direkte Zusammenhang der Erzählung mit Kafkas Begegnung mit Felice Bauer, seiner späteren Braut. »Und nun sieh«, setzt sich der obige Brief denn auch fort, »Georg hat so viel Buchstaben wie Franz, ›Bendemann‹ besteht aus Bende und Mann, Bende hat so viel Buchstaben wie Kafka und auch die zwei Vokale stehn an gleicher Stelle, ›Mann‹ soll wohl aus Mitleid diesen armen ›Bende‹ für seine Kämpfe stärken. ›Frieda‹ hat so viel Buchstaben wie Felice und auch den gleichen Anfangsbuchstaben, ›Frieda‹ und ›Glück‹ liegt auch nah beisammen. ›Brandenfeld‹ hat durch ›feld‹ eine Beziehung zu ›Bauer‹ und den gleichen Anfangsbuchstaben. Und derartiges gibt es noch einiges, das sind natürlich lauter Dinge, die ich erst später herausgefunden habe.« (F. 394)

Nun hat dies alles natürlich nichts mit Prophetie zu tun. Geradezu an eine Umkehrung der Zeit müßte man aber denken, falls man nicht eben gewillt ist, an dichterische Vorausschau zu glauben, wenn man etwa folgende Stelle im »Urteil« liest: »›Weil sie die Röcke gehoben hat‹, fing der Vater zu flöten an, ›weil sie die Röcke so gehoben hat, die widerliche Gans‹, und er hob, um das darzustellen, sein Hemd so hoch, daß man auf seinem Oberschenkel die Narbe aus seinen Kriegsjahren sah, ›weil sie die Röcke so und so und so gehoben hat, hast du dich an sie herangemacht ...‹« (DE. 36) und sie mit der folgenden aus dem fiktiven »Brief an den Vater« vergleicht: »Ich meine damit eine kleine Aussprache an einem der paar aufgeregten Tage nach Mitteilung meiner letzten Heiratsabsicht. Du sagtest zu mir etwa: ›Sie hat wahrscheinlich irgendeine ausgesuchte Bluse angezogen, wie das die Prager Jüdinnen verstehen, und daraufhin hast Du Dich natürlich entschlossen, sie zu heiraten. Und zwar möglichst rasch, in einer Woche, morgen, heute.‹« (H. 213)

Das zweite ist Wahrheit und spielte sich 1919, nach Kafkas dritter Verlobung, ab. Aber in der Dichtung fand diese Wahrheit schon sieben Jahre früher, noch vor der ersten Verlobung statt. Ebenso scheint sich jene »Ansprache vom Richtplatz« nach Kafkas erster Entlobung von Felice, die Kafka am 27. Juli 1914 in seinem Tagebuch »unehrlich und kokett« nennt und aus der er den Satz »Behaltet mich nicht in schlechtem Angedenken« (T. 293) anführt, noch immer ihrer dichterischen Vorwegnahme im Schlußsatz Georg Bendemanns, unmittelbar vor seiner selbst ausgeführten Urteilsvollstreckung, zu erinnern: »Liebe Eltern, ich habe euch doch immer geliebt.« (DE. 38)

Ich führe solche Beispiele an, um zu zeigen, wie weitreichend und folgenschwer für Kafka alles sein konnte, auch das geschriebene Wort und gerade dieses. Mit welcher Hypothek war der Weg eines Sohnes also von vornherein beladen, dem seit dem ersten schüchternen Versuch eines Auszugs aus der Einsamkeit des Junggesellendaseins die Worte in den Ohren nachklingen mußten: »Häng dich nur in deine Braut ein und komm mir entgegen! Ich fege sie dir von der Seite weg, du weißt nicht wie!« (DE. 37) Aber obwohl Kafka lange Zeit in seinen Vater das Schicksal projiziert hatte, dem er sich unterworfen sah, begriff er bald, daß auch dieser Gott im Lehnstuhl nur ein Werkzeug seines eigenen Planes und daß er selbst, Franz Kafka, es eigentlich war, der durch den Mund des Vaters zu Beginn seines eigentlichen Lebens den Bannfluch über sich sprach: »Ich verurteile dich jetzt zum Tode des Ertrinkens!« (DE. 38)

Eine solche Deutung – Georg Bendemann habe mehr oder weniger bewußt das väterliche Urteil über sich, der im Begriff ist, den Vater durch eine eheliche Verbindung zu überwinden, provoziert – kann nicht ganz abwegig sein, spukte sie doch noch sieben Jahre später, nach dem dritten Heiratsversuch, der ja nach der Version des »Briefes an den Vater« ebenso an dessen Urteil gescheitert sein soll, in Kafkas eigenem Kopf herum. In eben diesem »Brief an den Vater« spricht er sie, allerdings kaschiert, als väterliche Meinung, so deutlich aus, daß der Verdacht schwer auszuschalten ist, es handle sich auch um die, zwar ungern zugegebene, eigene Meinung:

»Als Du letzthin heiraten wolltest, wolltest Du, das gibst Du ja in diesem Brief zu, gleichzeitig nicht heiraten, wolltest aber, um Dich nicht anstrengen zu müssen, daß ich Dir zum Nichtheiraten verhelfe, indem ich ... Dir diese Heirat verbiete.« (H. 222)

So gesehen ist »Das Urteil«, das am Anfang des Endes steht, die visionäre Vorwegnahme des Scheiterns an dem, was das »Schreckbild seines Vaters« (DE. 35) für Kafka alles beinhaltete, das Todesurteil, das dem Leben zuvorkommen mußte als immer offener Fluchtweg. Im Grunde wußte Kafka immer, daß er sich wörtlich nehmen würde.

3. F. wie Fall

Am 14. August 1913 finden wir in Kafkas Tagebuch verzeichnet: »Folgerungen aus dem ›Urteil‹ für meinen Fall. Ich verdanke die Geschichte auf Umwegen ihr. Georg geht aber an der Braut zugrunde.« (T. 226)

Soll das heißen: »Im Gegensatz zu mir, der ich an ihr nicht zugrunde gehen werde, insofern hat die Dichtung nichts mit mir zu tun«? Oder ist es schon Ausdruck des stillen Einverständnisses mit dem Notwendigen? – Klar ist: Kafka verdankt die Geschichte »ihr«. So wie »Das Urteil« am Anfang seines gültigen Werkes steht, so steht Felice am Beginn seiner gültigen Frauenbeziehungen, mehr noch, sie prägt, genau wie die erste Erzählung, die Form der folgenden. Kafka hatte Felice Bauer am 13. August 1912 anläßlich eines abendlichen Besuches bei seinem Freund Max Brod ganz zufällig kennengelernt, als es darum ging, die Blätter zu seinem Erstling »Betrachtung« endgültig zu ordnen. Anschließend hatte er sie noch zu ihrem Hotel begleitet, zusammen mit Brods Vater; sie war ja Berlinerin und nur auf der Durchreise. Nichts war an diesem Abend vorgefallen, außer daß es Kafka gelungen war, ihr das Versprechen zu einer gemeinsamen Palästinareise abzulocken[11], und man weiß ja, was von solchen leichthin gegebenen Versprechungen über den Tisch hinweg gerade bei derartigen Zufallsbekanntschaften im allgemeinen zu halten ist. Für Kafka war es aber offenbar genug, und Elias Canetti hat wohl recht, mit der Art und Weise, wie er diese Abmachung kommentiert: »Er empfindet diesen Handschlag wie ein Gelöbnis, das Wort Verlobung birgt sich nah dahinter, und ihn, der so langsam von Entschluß ist, dem jedes Ziel, auf das er zugehen möchte, sich durch tausend Zweifel entfernt statt sich zu nähern, muß Raschheit faszinieren. Das Ziel des Versprechens aber ist Palästina, und schwerlich möchte es zu diesem Zeitpunkt seines Lebens ein verheißungsvolleres Wort für ihn geben, es ist das gelobte Land.« (C. 9 f.)

Es bedeutete für ihn die erste »Stufe jener Treppe, auf deren Höhe mir als Lohn und Sinn meines menschlichen (dann allerdings nahezu napoleonischen) Daseins das Ehebett ruhig aufgeschlagen wird« (B. 161). Als er das Mitte September 1917 an Max Brod schrieb, war allerdings das Unternehmen Felice schon endgültig in die Binsen gegangen, und Kafka hatte inzwischen längst eingesehen, daß er nie über diese erste Stufe hinauskommen würde. Im Tone unerschütterlicher Einsicht fügte er denn auch, halb schmerzlich, halb abgeklärt, hinzu: »Es wird nicht aufgeschlagen werden und ich komme, so ist es bestimmt, nicht über Korsika hinaus.« (B. 161)

Aber greifen wir nicht vor. Zunächst schien sich ihm mit diesem Handschlag am 13. August 1912 eine Welt, das Leben aufzutun. Launig vertraut er seinem Freund schon in der Frühe des nächsten Tages an: »Guten Morgen! Lieber Max, ich stand gestern beim Ordnen der Stückchen unter dem Einfluß des Fräuleins, es ist leicht möglich, daß irgendeine Dummheit, eine vielleicht nur im Geheimen komische Aufeinanderfolge dadurch entstanden ist.« (B. 102) – Ins Tagebuch hält das »Fräulein« mit der Bemerkung: »Viel an – was für eine Verlegenheit vor dem Aufschreiben von Namen – F. B. gedacht« (T. 202 f.), am 15. August schüchternen Einzug, um bald darauf darin die beherrschende Stellung einzunehmen. Eine Woche nach dem ersten und vorerst für lange Zeit einzigen Zusammentreffen, am 20. August 1912, finden wir ein erstes Porträt aus der noch frischen Erinnerung:

»Fräulein F. B. Als ich am 13. August zu Brod kam, saß sie bei Tisch und kam mir doch wie ein Dienstmädchen vor. Ich war auch gar nicht neugierig darauf, wer sie war, sondern fand mich sofort mit ihr ab. Knochiges leeres Gesicht, das seine Leere offen trug. Freier Hals. Überworfene Bluse. Sah ganz häuslich angezogen aus, trotzdem sie es, wie sich später zeigte, gar nicht war. (...) Fast zerbrochene Nase, blondes, etwas steifes, reizloses Haar, starkes Kinn. Während ich mich setzte, sah ich sie zum erstenmal genauer an, als ich saß, hatte ich schon ein unerschütterliches Urteil.« (T. 204)

Kein sehr günstiges eigentlich, wie es scheint, wenn man aus der Summe der Details ein Bild vor seinen Augen malt. Fast zerbrochene Nase, reizloses Haar, starkes Kinn: kaum Eigenschaften, die einer Liebe auf den ersten Blick förderlich scheinen. Erschreckend vor allem und erstaunlich zugleich – erschreckend sein Vorhandensein, erstaunlich und erschreckend sein gnadenlos sachliches Festgestelltwerden –: das leere Gesicht ...

Endlich, am 20. September 1912, als er bei der Empfängerin längst vergessen sein mußte, richtet sich Kafka mit einem Brief persönlich an dieses leere Gesicht und beginnt, indem er es offen auf sich bezieht, es mit Inhalt zu füllen. Damit öffnet sich der Vorhang vor einem Drama in fünf Jahren, zu einem Kampf, der in erster Linie auf dem Papier und mit der Feder und – was vielleicht das Tragischste daran ist – mindestens von Kafkas Seite auch letztlich für das Papier und für die Feder geführt wurde.

»... ich kann nicht glauben, daß in irgendeinem Märchen um irgendeine Frau mehr und verzweifelter gekämpft worden ist als um Dich in mir, seit dem Anfang und immer von neuem und vielleicht für immer.« (F. 730) Das schreibt Kafka einmal im Laufe dieses ungleichen Schlagabtausches. Und mag er selbst vielleicht seiner eigenen rhetorischen Überzeugungskraft auf den Leim gegangen sein, so verrät sich eben doch die Sprache selbst. Das Wort, das gerade die Einzigartigkeit der inneren Auseinandersetzung betonen soll, entdeckt die tiefere Wirklichkeit des Märchens: um »irgendeine« Frau wird hier gekämpft, nicht um der Frau, nur um des Kampfes willen, eines Kampfes außerdem, in dem der Ausgang von vornherein feststeht.

»Letzthin die Vorstellung«, schreibt Kafka noch vier Jahre nach Beendigung dieses einen langen Kampfes, als es längst um eine andere Frau geht, am 2. Dezember 1921 in sein Tagebuch, »daß ich als kleines Kind vom Vater besiegt worden bin und nun aus Ehrgeiz den Kampfplatz nicht verlassen kann, alle die Jahre hindurch, trotzdem ich immer wieder besiegt werde.« (T. 396)

Ein Scheingefecht also, auf über 700 gedruckten Briefseiten. Kafkas Briefe an Felice, nach Canettis Urteil »die genaueste Geschichte einer Beziehung, die es überhaupt gibt« (C. Klappentext), »haben«, wie Erich Heller, der zusammen mit Jürgen Born für die Herausgabe verantwortlich zeichnet, zu ihrer Einleitung schreibt, »mit den Gesängen der Minnesänger das gemeinsam, daß die Besungene nicht ›wirklich‹ gefreit wird« (F. 33). – Nur so, aus dieser Unwirklichkeit der Werbung – und das ist wohl eine ihrer versteckten teuflischen Absichten –, läßt sich ihre Dauer auch nur einigermaßen erklären. Wo nur um der Werbung als solcher willen geworben wird, muß es ja geradezu im Interesse des Freiers liegen, nicht erhört zu werden und sogar mit allen – wenn nötig winkeladvokatorischen – Kniffen einer Erfüllung seiner vorgegebenen Sehnsucht entgegenzuwirken. Solange es eben geht. Und man wundert sich, bei seiner sonstigen Schwäche, über Kafkas Zähigkeit gerade in diesem Punkt und darüber, wie lange es eben tatsächlich ging.

Die äußeren Daten dieser Leidensgeschichte, die der Leidende nicht erlitt, sondern schrieb – er war ja Dichter – sind schnell genannt[12]. Sie seien vorweggenommen, damit bei der späteren Darstellung des Musters, das sich in ihr ausprägt und durch das sie geprägt wird, möglichst auf störende Details verzichtet werden und der innere Raum trotzdem auf den Hintergrund seiner Zeit projiziert werden kann.

Mit der Zufallsbegegnung bei Brods in Prag am 13. August 1912 begann es also. – Fünf Wochen später, am 20. September, rief sich Kafka mit einem ersten Brief nach Berlin bei Felice Bauer wieder in Erinnerung, einem Brief, den er vielleicht noch in der Tasche trug, als er in der Nacht vom 22. auf den 23. September die Geschichte hinwarf, die er »ihr« (T. 226) verdankte, die stilistisch seinen Durchbruch brachte, inhaltlich im visionär über sich selbst heraufbeschworenen Todesurteil zum ersten Mal die Wunde aufbrechen ließ, die sich nie mehr schließen, sondern zu jenem Wundkanal ausweiten sollte, in dem jeder neue Schmerz auf und ab fuhr, »schrecklich wie am ersten Tag« (S. 36). – Am 28. September erhielt Kafka erste Post aus Berlin[13], die ihn dazu veranlaßte, noch am selben Tag zu antworten. Es folgte eine dreiwöchige, ungeduldig verbrachte Wartezeit[14], bis endlich das erlösende Schreiben eintraf, am 23. Oktober, in dem die ferne Unbekannte ihre Bereitschaft zu weiterem Verkehr anzeigte. – Kafka reagierte stürmisch, unbeherrscht, noch am Empfangstag, und erzwang in der Folge beinahe despotisch einen möglichst regelmäßigen täglichen Briefaustausch, dessen Hauptthema allerdings die absolute Notwendigkeit dieser Regelmäßigkeit selbst war, die Kafka in erster Linie

am Herzen lag. Über was hätte man sich mit einem »leeren Gesicht« schon auseinandersetzen können, als eben über diese Auseinandersetzung selber. Aber Auseinandersetzung mit dem Sich-Auseinandersetzen ist Literatur. – »Denn der Kampf«, schreibt Elias Canetti, »den er um diese Kraft führt, die ihre regelmäßigen Briefe ihm geben, hat einen Sinn, es ist keine eitle Korrespondenz, kein Selbstzweck, keine bloße Genugtuung, sie dient seinem Schreiben.« (C. 17)

»Kein Selbstzweck« ist mißverständlich. Natürlich schrieb und erzwang Kafka die Briefe nicht um ihrer selbst willen. Aber sie waren sehr wohl Selbstzweck in dem Sinne, daß sie dem Selbst Kafkas, dem Schreiben dienten. Immerhin resultierten aus den ersten drei Monaten dieser literarischen Beziehung das »Urteil«, der »Heizer« nebst fünf weiteren Kapiteln des »Amerika«-Romans und die »Verwandlung«[15].

»Darf man nach den Ergebnissen urteilen, und wonach sonst soll man das Leben eines Dichters beurteilen«, fährt Canetti im selben Zusammenhang fort, »so war Kafkas Verhalten in den ersten drei Monaten der Korrespondenz mit Felice für ihn genau das richtige. Er hat gefühlt, was er brauchte: eine Sicherheit in der Ferne, eine Kraftquelle, die seine Empfindlichkeit nicht durch zu nahe Berührung in Verwirrung brachte, ... (...) Die Frau, die ihm dazu diente, durfte den Einwirkungen seiner Familie, unter deren Nähe er sehr litt, nicht ausgesetzt sein, er mußte sie von ihr fernhalten.« (C. 17 f.)

Auch von sich selbst, möchten wir hinzufügen. Und eben das hätte er wissen müssen. Wenn irgendwo in diesem Dichterleben, in dem alles sich so zweifellos zusammenfügt, wie die Pfeile und die Wunden, die sie geschlagen haben, eine Schuld zu suchen wäre, dann vielleicht hier, in der Mißachtung dieses Wissens, die allein zu zwei Verlobungen führen konnte. Er hätte es wissen müssen, als er nach sieben Monaten der Korrespondenz am 23./24. März 1913 zum erstenmal und am 11./12. Mai zum zweitenmal zu einer Zusammenkunft mit Felice nach Berlin fuhr, er hätte es wissen müssen, als er in einem unmäßig langen Brief, der sich vom 10. bis zum 16. Juni 1913 hinzog und in dem er auch tatsächlich alle seine Zweifel an der Möglichkeit einer Ehe deutlich genug aussprach, trotz allem erstmals um ihre Hand anhielt[16].

Tatsächlich begann schon nach den Zusammenkünften die Beziehung zu harzen. Bezeichnend ist, daß ziemlich genau die Hälfte aller Briefe dieser fünf Jahre aus den ersten sieben Monaten vor dem Wiedersehen stammen. Vom 20. September bis zum 29. Oktober kam der Briefwechsel sogar ganz zum Stehen, und es bedurfte der persönlichen Vermittlung durch Felicens Freundin Grete Bloch, die Kafka am 1. November 1913 in Prag zum erstenmal aufsuchte, um ihn dazu zu bewegen, sich mit Felice erneut zu treffen – am 8./9. November, 28. Februar/1. März und 12./13. April in Berlin, am 1. Mai erstmals in Prag – und Anfang Januar 1914 sogar erneut um ihre Hand zu bitten[17], es bedurfte ihrer, um ihn schließlich in die Flucht nach vorne, in die Verlobung zu treiben.

Am Pfingstmontag, dem 1. Juni 1914, wurde sie im Wohnzimmer der Braut geschlossen. Am 12. Juli desselben Jahres wurde sie im Berliner Hotel »Askanischer Hof« gelöst. Die erste Katastrophe.

»Dieses Verlangen nach Menschen, das ich habe und das sich in Angst verwandelt, wenn es erfüllt wird«, schreibt Kafka schon am 22. Juli 1912 aus Jungborn an Max Brod, »findet sich erst in den Ferien zurecht.« (B. 101)

Wirklich gab es im Leben Kafkas wohl nur zwei Fälle von erfülltem Verlangen, das nicht in Angst umschlug, zwei eigentliche Liebesfälle: einmal als er eben in der Zeit, in der der Kontakt mit Felice ganz abgebrochen war, in der Woche nach dem 22. September 1913 in Riva der Schweizerin G. W. begegnete; zum zweitenmal, als sich kurz vor Lebensende aus einer Ostseebekanntschaft vom Juli 1923 gar die beglückende Lebensgemeinschaft mit Dora Diamant ergab[18].

Aber jetzt, mit dieser Verlobung, war Kafka an einen solchen Umschlagpunkt gelangt, an dem unendliche Sehnsucht plötzlich sich in unendliche Angst verwandelt. Unendlich deshalb, weil mit dem Umschlagen in Angst die Sehnsucht nicht endet und mit dem Rückgängigmachen der Erfüllung die Angst nicht weicht, weil Sehnsucht und Angst nur die zwei Seiten derselben Hand Kafkas sind, die sich ein Leben lang nach den Menschen ausstreckte, um sie sich vom Leib zu halten.

Kafkas Beziehungen zum Mitmenschen sind literarischer Natur. Allein die unvergleichliche Menge von Briefen spricht eine deutliche Sprache. Er braucht die Spannungen nach außen, zur Welt, zur Frau, um sie beschreiben zu können – dies in jedem nur denkbaren Sinn des Wortes –; er darf sie, die Welt, die Frau, aber physisch nicht an sich herantreten lassen, um überhaupt schreiben zu können. Paradox und bündig ausgedrückt: Kafka kann das nicht brauchen, was er braucht. – Was hätte wohl der Dichter der »Mißbrauchten Liebesbriefe« zu dieser Form von Liebe gesagt?[19]

Eine der charakteristischsten Eigenschaften Kafkas ist es, aus seinen Erfahrungen nichts zu lernen, ein Leben lang dieselbe Stufe zu nehmen. Die eine Katastrophe genügte nicht. Am 23./24. Januar 1915 traf er sich in Bodenbach wieder mit seiner ewigen Braut. Freilich stand auf seiner Seite nun zunächst alles im Zeichen der Abwehr. Er schrieb sehr selten, in der zweiten Jahreshälfte 1915 überhaupt nicht. Die spärlichen Zusammenkünfte, die trotz seiner Warnungen zustande kamen – eben die schon erwähnte, eine im Juni in Karlsbad, die dazwischenliegende vom 23./24. Mai zusammen mit Grete Bloch vielleicht dank dieser Drittperson ausgenommen –, waren ein Fiasko. Alles schien auf den endgültigen Abbruch der Beziehung zuzusteuern. Bis plötzlich, Kafka befand sich auf einer Dienstreise in Marienbad, Felice überraschend Mitte Mai 1916 eine Karte erhielt, die so begann: »Liebe Felice, ... Karlsbad ist recht angenehm, aber Marienbad ist unbegreiflich schön« und mit dem Ausruf schloß: »Wie würde es Dir gefallen!« (F. 657)

Die damit leise angedeutete Möglichkeit gemeinsamer Ferien schien ihr willkommen zu sein. Es war Kafkas erste Wiederannäherung nach zwei Jahren der Verschlossenheit. Die Verhandlungen über den Urlaub gaben dem Briefwechsel neues Leben, und schließlich war man vom 3. bis zum 13. Juli tatsächlich zusammen. Die ersten fünf dieser zehn Marienbader Tage verliefen – wie nach der langen Trennung und der Unwirklichkeit der Beziehung an sich nicht anders zu erwarten – etwas harzig, aber die zweiten fünf wurden zu den wohl glücklichsten der ganzen fünf Jahre.

Seinem Tagebuch vertraute Kafka noch am 5. Juli an: »Mühsal des Zusammenlebens. Erzwungen von Fremdheit, Mitleid, Wollust, Feigheit, Eitelkeit und nur im tiefen Grund vielleicht ein dünnes Bächlein, würdig, Liebe genannt zu werden, unzugänglich dem Suchen, aufblitzend einmal im Augenblick eines Augenblicks. Arme F.« (T. 360) – Und am 6. Juli hieß es gar: »Unglückliche Nacht. Unmöglichkeit, mit F. zu leben. Unerträglichkeit des Zusammenlebens mit irgend jemandem.« (T. 360)

Aber dann kam die Wendung, Kafkas Jungborner Erfahrung bestätigte sich nach Riva auch in Marienbad: in den Ferien ließ sich sogar seine Angst besänftigen. Und zwar wieder durch Angst, jene Kehrseite der Angst, als die wir die Sehnsucht erkannten und die ebenso Anteil hat an Kafkas Wesen: die Angst vor dem Alleinsein. Fast in Gebetsform zeichnete er am 20. Juli seine Klage auf: »Erbarme dich meiner, ich bin sündig bis in alle Winkel meines Wesens. Hatte aber nicht ganz verächtliche Anlagen, kleine gute Fähigkeiten, wüstete mit ihnen, unberatenes Wesen, das ich war, bin jetzt nahe am Ende, gerade zu einer Zeit, wo sich äußerlich alles zum Guten für mich wenden könnte. Schiebe mich nicht zu den Verlorenen. Ich weiß, es ist eine lächerliche, in der Ferne und schon sogar in der Nähe lächerliche Eigenliebe, die daraus spricht, aber lebe ich einmal, so habe ich auch die Eigenliebe des Lebendigen, und ist das Lebendige nicht lächerlich, dann auch seine notwendigen Äußerungen nicht. – Arme Dialektik!« (T. 363)

Er, der sich für das Leben verloren gehalten hatte, hatte hier in Marienbad im Sich-Öffnen frauenhafter Tiefe ans Leben gerührt und hoffte, es zu halten. Mit der Kraft eines Sterbenden versuchte er sich ans Leben zu klammern, von dem er sich bisher scheinbar mutwillig ausgeklammert hatte. Aber eben, die Kräfte der Sterbenden sind dem Leben entzogen und führen nur zum schnelleren Tod. – Arme Dialektik, müssen wir mit Kafka sagen, Dialektik des Lebens.

An Max Brod schrieb er Mitte Juli, in den Tagen von Felicens Abreise, aus Marienbad vielsagende Zeilen: »Mir schien wirklich, nun sei die Ratte in ihrem allerletzten Loch. Aber da es nicht mehr schlimmer werden konnte, wurde es nun besser. (...) ... ich kam mit ihr in ein mir bisher unbekanntes Verhältnis von Mensch zu Mensch, das an Wert bis an jenes Verhältnis heranreichte, das in unsern besten Zeiten der Briefschreiber zur Briefschreiberin gehabt hatte. Im Grunde war ich noch niemals mit einer Frau vertraut, wenn ich zwei Fälle ausnehme, jenen in Zuckmantel (aber dort war sie eine Frau und ich ein Junge) und jenen in Riva (aber dort war sie ein halbes Kind und ich ganz und gar verwirrt und nach allen Himmelsrichtungen hin krank). Jetzt aber sah ich den Blick des Vertrauens einer Frau und konnte mich nicht verschließen. Es wird manches aufgerissen, das ich für immer bewahren wollte (es ist nichts einzelnes, sondern ein Ganzes) und aus diesem Riß kommt auch, das weiß ich, genug Unglück für mehr als ein Menschenleben hervor, aber es ist nicht ein heraufbeschworenes, sondern ein auferlegtes. Ich habe kein Recht mich dagegen zu wehren, um so weniger als ich das, was geschieht, wenn es nicht geschähe, selbst mit freiwilliger Hand täte, um nur wieder jenen Blick zu erhalten. Ich kannte sie ja gar nicht, neben andern Bedenken allerdings hinderte mich damals geradezu Furcht vor der Wirklichkeit jener Briefschreiberin; als sie mir im großen Zimmer entgegenkam, um den Verlobungskuß anzunehmen, ging ein Schauder über mich; die Verlobungsexpedition mit meinen Eltern war für mich eine Folterung Schritt für Schritt; vor nichts hatte ich solche Angst wie vor dem Alleinsein mit F. vor der Hochzeit. Jetzt ist es anders und gut. (...) ... jetzt ist darin Ruhe, Bestimmtheit und damit Lebensmöglichkeit. (Nachträglich angesehn, sind das allerdings starke Worte, kaum dauernd niederzudrücken von einer schwachen Feder.)« (F. 139 f.)

Ich zitiere an dieser Stelle so ausführlich nicht nur, weil die Wendung, die sich in diesem Brief scheinbar abzeichnet, zur Wiederaufnahme der Zwiesprache führte, die Kafka via Felice mit sich selber hielt, und schließlich zur zweiten Verlobung und Katastrophe, sondern weil gerade dieser Brief ein scharfes Licht auf die Beziehung als Ganzes wirft, nach rückwärts wie nach vorwärts. Nach rückwärts: Nie bisher war Kafka offenbar das Erlebnis eines echten Verhältnisses von Mensch zu Mensch beschieden gewesen, er hatte geradezu Furcht vor der Wirklichkeit eines Du gehabt und hatte sie wohl noch immer, deshalb reichte jetzt die echte Begegnung, die plötzlich unvermutet doch noch über ihn gekommen war, in ihrem Wert nur gerade an die Briefbeziehung heran, ohne sie offenbar ersetzen zu können. Und doch war das für ihn schon viel, nach all den Schrecken der ersten Verlobung, nach all der Angst vor der Begegnung mit dem Wirklichen. – Nach vorwärts: Trotz der schlechten Erfahrungen der Vergangenheit, obwohl er wußte, daß daraus »genug Unglück für mehr als ein Menschenleben« entstehen konnte, war er wissentlich willens, noch einmal die Gefahren einer Flucht nach vorne auf sich zu nehmen, einer Flucht aus der Sehnsucht, der Angst des Verlorenen, Einsamen, in die Angst der Erfüllung. Noch einmal gab er vor, und vielleicht glaubte er im Augenblick des Niederschreibens selbst daran, in sich die Möglichkeit zum Leben zu haben, Leben im landläufigen, ungenialen Sinn. Nachträglich aber sah er, und das wird die Klammerbemerkung andeuten wollen, daß sich solch starke Worte von einem Schwachen wie ihm, dessen einzige Waffe zudem die Feder war, wohl kaum lange erfolgreich verteidigen ließen, schon deshalb nicht, weil die Hand selbst, die die Feder führte, in ihrem eigensten Interesse den Druck auf die Feder, von der die Worte gerade noch festgehalten werden konnten, nur allzu gern verringerte, was eben diese Klammer beweist.

Trotzdem, nach wieder intensiviertem Briefwechsel, der jenem vor der ersten Verlobung vor allem in Kafkas Methode, um seine Braut zu werben, indem er sie gleichzeitig ständig vor sich warnt, erschreckend ähnlich sieht, und nach einem weiteren Treffen in München vom 10. bis zum 12. November 1916, kam es Anfang Juli 1917, diesmal in Prag, zur zweiten Verlobung. In der Nacht vom 9. auf den 10. August erlitt Kafka jenen für ihn so erlösenden Blutsturz, der seine Tuberkulose ankündigte und gleichzeitig die Rechtfertigung zur endgültigen Lösung des Verlöbnisses und Verhältnisses mit Felice mit sich brachte, den zweiten Sieg durch Niederlage, von dem sich der besiegte Sieger nicht mehr erholte.

In einem der ersten Briefe an Milena, die ebenfalls an Tuberkulose erkrankt war, beschreibt Kafka das Ereignis, welches – was das »Urteil« literarisch längst vorweggenommen hatte – in jedem Sinne das Ende, nun auch körperlich sichtbar, ankündigte: »Vor etwa drei Jahren begann es bei mir mitten in der Nacht mit einem Blutsturz. Ich stand auf, angeregt wie man durch alles Neue ist (statt liegen zu bleiben, wie ich es später als Vorschrift erfuhr), natürlich auch etwas erschreckt, ging zum Fenster, lehnte mich hinaus, ging zum Waschtisch, ging im Zimmer herum, setzte mich aufs Bett – immerfort Blut. Dabei aber war ich gar nicht unglücklich, denn ich wußte allmählich aus einem bestimmten Grunde, daß ich nach drei, vier fast schlaflosen Jahren, vorausgesetzt daß die Blutung aufhört, zum erstenmal schlafen werde. Es hörte auch auf (kam auch seitdem nicht wieder) und ich schlief den Rest der Nacht.« (M. 7)

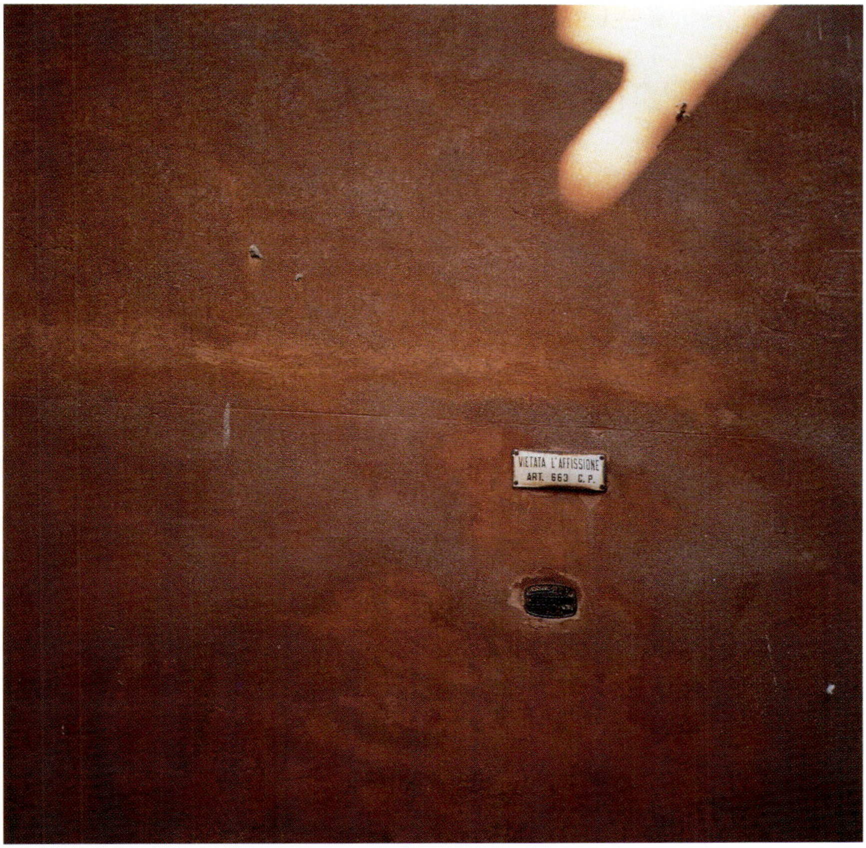
VIETATA L'AFFISSIONE
ART. 663 C.P.

Felice hat ihn am 20./21. September in Zürau, wohin er sich zu seiner Schwester Ottla zurückgezogen hatte, nochmals besucht. Er hat sie als Fremde eiskalt empfangen[20]. Mit ihrem Besuch vom 25. bis 27. Dezember 1917 in Prag endet diese Geschichte, die Liebesgeschichte zu nennen man sich nicht recht überwinden will, es sei denn, man gebe ihr damit einen literarischen Titel.

»Die Peitschen, mit denen wir einander hauen, haben gut Knoten angesetzt in den fünf Jahren« (T. 382), schreibt Kafka am 25. September 1917 lakonisch in sein Tagebuch. Tatsächlich, die Wunde, die beim Niederschreiben des »Urteil«, der ersten Geschichte, die er ihr verdankte und die prophetisch jenes Todesurteil aussprach, das im ebenfalls ihr verdankten »Prozeß«-Roman noch immer vollzogen wurde und nun aus der Kunst ins Leben überzuspringen schien, die Wunde, die also nach der ersten Begegnung mit Felice aufgebrochen war, war jetzt blutig geworden, wirklich.

»Fast fünf Jahre habe ich auf sie eingehauen«, schreibt er später auch in einem der ersten Briefe an Milena, in dem er über seine Vergangenheit berichtet, »(oder, wenn Sie wollen, auf mich) nun, glücklicherweise, sie war unzerbrechlich, preußisch-jüdische Mischung, eine starke sieghafte Mischung. Ich war nicht so kräftig, allerdings hatte sie nur zu leiden, während ich schlug und litt.« (M. 37 f.)

Und Max Brod gesteht er schon Mitte September 1917 aus seinem Zürauer Exil: »Manchmal scheint es mir, Gehirn und Lunge hätten sich ohne mein Wissen verständigt. ›So geht es nicht weiter‹ hat das Gehirn gesagt und nach fünf Jahren hat sich die Lunge bereit erklärt, zu helfen.« (B. 161)[21]

Diese Äußerung deutet darauf hin, daß auch Kafka sofort klar war, wovon wir heute überzeugt sind, daß der Ursprung seines Leidens in der Psyche lag. Dieser Eindruck wird bestärkt durch den Satz:

»Jedenfalls verhalte ich mich heute zu der Tuberkulose, wie ein Kind zu den Rockfalten der Mutter, an die es sich hält« (B. 161), der demselben Brief entstammt. Und im schon erwähnten Brief an Milena wird es wörtlich ausgesprochen: »Ich bin geistig krank, die Lungenkrankheit ist nur ein Aus-den-Ufern-treten der geistigen Krankheit. Ich bin so krank seit den vier, fünf Jahren meiner ersten zwei Verlobungen.« (M. 37)

Allerdings, wenn Kafka von seiner geistigen Krankheit spricht – wir haben seine Meinung über die Psychoanalyse aus der Einleitung in Erinnerung –, dann sagt er damit nicht, daß sie eine sei, die geheilt werden könnte oder müßte. Unmittelbar vor dem oben zitierten Vergleich von Krankheit und mütterlichen Rockfalten macht er es deutlich: »Du mißverstehst es, Max, nach Deinen letzten Worten im Hausflur, aber ich mißverstehe es auch vielleicht und es gibt (so wird es auch bei Deinen innern Angelegenheiten sein) überhaupt kein Verständnis solchen Dingen gegenüber, ... Jammer, Jammer und gleichzeitig nichts anderes als das eigene Wesen, und wäre der Jammer endlich aufgeknotet (solche Arbeit können vielleicht nur Frauen leisten), zerfielen ich und Du.« (B. 161)

Bis anhin haben wir nur die Entstehungsgeschichte der Wunde beleuchtet, ebenso wie wir auch den Fall Felice erst von außen beschrieben haben. Im Grunde geht es uns um das »Sinnbild der Wunde, deren Entzündung F. und deren Tiefe Rechtfertigung heißt« (T. 379), ihr Wesen, das so sehr Kafkas Wesen ist, daß mit ihrer allfälligen Heilung auch Kafka von sich geheilt, und das heißt: nicht mehr Kafka, wäre. Und weil wir ihre Tiefe noch nicht kennen, wenden wir uns zunächst ihrer Entzündung zu, für die wir schon einen Namen haben: F. – F. wie Felice oder F. wie Fall.

Im Tagebuch heißt es am 14. Februar 1914: »... F. ist zufällig die, an der sich meine Bestimmung erweist.« (T. 258) Aus dem Zufall, als der Felice am 13. August 1912 in Kafkas Leben getreten war, ist sein »eigentlich repräsentativer Fall« (F. 756) geworden.

Es hätte nun wenig Sinn, eine Analyse der rund 700 Briefseiten zu versuchen, die diesen »Fall« schildern, das hat Elias Canetti in seinem Buch »Der andere Prozeß – Kafkas Briefe an Felice« für uns geleistet. Ich werde mich auf die Untersuchung des neuralgischen Punktes beschränken, an dem sich sein Repräsentativcharakter, seine innere Gesetzmäßigkeit, sein Muster am deutlichsten erweist: auf die wiederholte Katastrophe der Verlobung. Man hat von Schlüsselstellen in Kafkas Werk gesprochen. Es gibt sie auch in seinem Leben.

4. Der Selbstschutzmechanismus

»... auf dem Balkon ist ein Spatz und erwartet, daß ich ihm vom Tisch aus Brot auf den Balkon werfe, statt dessen werfe ich das Brot neben mich mitten im Zimmer auf den Boden. Er steht draußen und sieht dort in dem Halbdunkel die Speise seines Lebens, es lockt maßlos, er schüttelt sich, er ist mehr hier als dort, aber hier ist das Dunkel und neben dem Brot ich, die geheime Macht. Trotzdem überhüpft er die Schwelle, noch paar Sprünge, aber mehr wagt er nicht, in einem plötzlichen Schrecken fliegt er fort. Aber was für Kräfte in diesem jämmerlichen Vogel stecken, nach einem Weilchen ist er wieder hier, untersucht die Lage, ich streue noch ein wenig, um es ihm leichter zu machen und – wenn ich ihn nicht absichtlich-unabsichtlich (so wirken die geheimen Mächte) durch eine kleine Bewegung vertrieben hätte, er hätte sich das Brot geholt.« (M. 38)

Wir haben im letzten Kapitel von der Methode Kafkas gesprochen, um das Leben zu kämpfen und es gleichzeitig von sich fernzuhalten, hier ist sie – wenn man davon ausgeht, daß Kafka sich in beiden Rollen verkörpert – im Bild des Mannes und des Vogels dargestellt. Er, der Mann, wirft sich, dem Vogel, Brot, Nahrung, »Lebensmöglichkeit« (B. 140) vor. Aber nicht weit genug entgegen, nicht so, daß sie der Vogel ohne weiteres aufnehmen könnte. Er wirft sie nicht ins Licht der Freiheit auf den Balkon, sondern nur ins Halbdunkel des Zimmers, das er bewohnt. Er selbst, die geheime Macht, steht neben ihr, aufmunternd und abschreckend zugleich. Er spielt mit sich selbst. Wenn die Lockung des Lebens zu groß wird, wenn er über die Schwelle hüpft, dann bedarf es nur einer kleinen Bewegung, absichtlich-unabsichtlich, und in plötzlichem Schrecken besinnt er sich wieder auf sich selbst, vertreibt sich, fort von der Nahrung. Er weiß, daß er wiederkommt und daß er sich wieder wegtreiben wird und so immer weiter. Er ist sozusagen immer einen Schnabelbreit vom Leben entfernt, bräuchte nur zuzupicken und wird es nie tun, um die Möglichkeit, es zu tun, immer offen zu halten. Diese Möglichkeit gibt ihm Kraft, das weiß er; mehr als die Nahrung selbst ist es dieses absichtlich-unabsichtliche Verzichten auf die Nahrung, von dem er sich nährt an seinem Tisch, der vielleicht sein Schreibtisch ist. Er ist dem Dunkel des Lebens gerade so nahe, daß er mit ihm spielen, und gerade so fern, daß es ihm nicht gefährlich werden kann. So wirken, das weiß er auch und darauf kann er sich verlassen, die geheimen Mächte, die er selber ist.

Der Mechanismus, der in dieser kleinen Spatzen-Geschichte beschrieben wird, ist Kafkas Verhaltensmuster dem Leben gegenüber, die Geschichte im ganzen wirkt wie die allegorische Darstellung seiner wiederholten Heiratsversuche und all dessen, wofür sie repräsentativ sind: Er steht draußen. Im Halbdunkel drinnen die Speise seines Lebens. Es lockt maßlos. Aber neben der Speise kauert die geheime Macht. Trotzdem überhüpft er die Schwelle, kommt näher. Ist zu nahe. Der Hunger nach Leben schlägt um in die Angst vor seiner Macht. In plötzlichem Schrecken fährt er zurück. Aber – wie gut kennt sich Kafka – nach einem Weilchen ist er wieder da, untersucht die Lage von neuem.

– Immer dasselbe Spiel, dessen Regeln der Spielleiter so genau kennt, daß es längst zu seiner bewußt angewendeten Methode geworden ist. Absichtlich-unabsichtlich wirken die geheimen Mächte, sagt er zwar, aber indem er das überhaupt sagen kann, verrät er sich selber das Geheimnis der Mächte und den Löwenanteil seines Willens am scheinbaren Verzicht. – Hätte ich ihn nicht vertrieben, er hätte sich das Brot geholt, das ist ein Irrealis, den es bei Kafka nur rhetorisch gibt.

»Warum wandern die Tschuktschen aus ihrem schrecklichen Land nicht aus«, fragt er sich einmal am 5. Januar 1914 in einer Tagebuchnotiz, »überall würden sie besser leben, im Vergleich zu ihrem gegenwärtigen Leben und zu ihren gegenwärtigen Wünschen. Aber sie können nicht; alles, was möglich ist, geschieht ja; möglich ist nur das, was geschieht.« (T. 250)

Und das heißt hier eben, der Verzicht, die Unmöglichkeit zu leben ist, da sie geschieht, die einzige Möglichkeit überhaupt, sie gehört selbst ja zum Wirken der geheimen Macht, die Kafka ist und der wir in der Folge behutsam auf die Spur kommen wollen. Seine seltsamen Werbemethoden, in denen Werbung untrennbar mit Abwehr verbunden ist, sind uns inzwischen schon so sehr aufgefallen, daß es berechtigt erscheint, von der Annahme auszugehen, Kafka habe – aus welchen Gründen auch immer, das wird in späteren Kapiteln zu untersuchen sein – die absolute Notwendigkeit zur Einsamkeit in sich getragen und deshalb – die Art und Weise dessen wird ebenfalls Gegenstand späterer Kapitel sein – »absichtlich-unabsichtlich«, wie er sagt, Selbstschutzmechanismen entwickelt, Abwehrmethoden gegen alle immer wiederkehrenden Anfechtungen des Lebens.

»... wenn ich nur die kleinste Stufe erstiegen habe«, gibt er am 31. Januar 1922 im Tagebuch zu, »in irgendeiner, sei es auch der fragwürdigsten Sicherheit bin, strecke ich mich aus und warte, bis das Negative – nicht etwa mir nachsteigt –, sondern die kleine Stufe mich hinabreißt. Darum ist es ein Abwehrinstinkt, der die Herstellung des kleinsten dauernden Behagens für mich nicht duldet und zum Beispiel das Ehebett zerschlägt, ehe es noch aufgestellt ist.« (T. 409)

Die Briefe an Felice, die doch, wie man meinen möchte, mit dem Ziel einer Ehe verfaßt wurden, sind voll der hinterhältigsten Mittel der Abschreckung, von denen nur einige Beispiele vorgeführt sein sollen.

Schon in seinem ersten Brief, in dem er sie mit »Liebes Fräulein Felice« anredet – bisher hat er nur ein »Gnädiges Fräulein« gewagt –, als er ihr also, am 1. November 1912, etwas näher gekommen zu sein wähnt, gibt Kafka ihr – vordergründig in Form einer dankbaren Huldigung, hintergründig als erste Warnung vor sich selbst – zu verstehen, daß es nicht Liebe sein kann, was ihn zu ihr drängt, sondern daß sie Teil eines Planes ist, dem er durch sie zu nützen meint.

»Und tatsächlich«, schreibt er, »so mager wie ich bin und ich bin der magerste Mensch, den ich kenne (was etwas sagen will, da ich schon viel in Sanatorien herumgekommen bin) ebenso ist auch sonst nichts an mir, was man in Rücksicht auf das Schreiben Überflüssiges und Überflüssiges im guten Sinne nennen könnte. Gibt es also eine höhere Macht, die mich benützen will oder benützt, dann liege ich als ein zumindest deutlich ausgearbeitetes Instrument in ihrer Hand; wenn nicht, dann bin ich gar nichts und werde plötzlich in einer fürchterlichen Leere übrig bleiben. Jetzt habe ich mein Leben um das Denken an Sie erweitert und es gibt wohl kaum eine Viertelstunde während meines Wachseins, in der ich nicht an Sie gedacht hätte, und viele Viertelstunden, in denen ich nichts anderes tue. Aber selbst dieses steht mit meinem Schreiben im Zusammenhang, nur der Wellengang des Schreibens bestimmt mich ... Das ist so wahr, wie es wahr ist, daß ich seit jenem Abend ein Gefühl hatte als hätte ich eine Öffnung in der Brust, durch die es saugend und unbeherrscht ein- und auszog, ... (...)

Meine Lebensweise ist nur auf das Schreiben hin eingerichtet und wenn sie Veränderungen erfährt, so nur deshalb, um möglicher Weise dem Schreiben besser zu entsprechen, denn die Zeit ist kurz, die

Kräfte sind klein, das Bureau ist ein Schrecken, die Wohnung ist laut und man muß sich mit Kunststücken durchzuwinden suchen, wenn es mit einem schönen geraden Leben nicht geht.« (F. 65 ff.)

Auch wenn er seinen Versuch, eine Beziehung zu Felice aufzubauen, nicht zu den Kunststücken des letzten Satzes zählen mag, mit denen er seinen anschließend im Detail geschilderten neu entworfenen rationierten Tagesstundenplan meint, so wird man doch kaum behaupten wollen, daß er sich seiner potentiellen Braut gerade schmackhaft macht. Der Hinweis auf seine Magerkeit und Kränklichkeit ist typisch für Kafka, er kehrt auch später wieder. Daß er aber schon 1912 ihre Funktionalität hinsichtlich des Schreibens erkennt, daß er da schon weiß, daß er sich zum Schreiben hungert, um der Macht in ihm, die ihn benutzt, besser in der Hand zu liegen, das zeigt seinen hohen Bewußtseinsgrad allem gegenüber, was ihn wirklich anging.

Erstaunlich ist die frühe Beschreibung der Wunde – die, wie wir aus seinem Brief an Milena wissen, beim Schreiben der ersten Geschichte, die er Felice verdankt, erstmals aufbrach – als Lungenwunde, zumindest als eine, die in der Brust sitzt und mit der Atmung zu tun hat. Dies aber nur nebenbei, um nochmals zu verdeutlichen, wie sehr das »Urteil« den Beginn allen Endes markiert.

Bemerkenswert auch das frühe Eingeständnis, das sich im zweitletzten Brief an Felice vom 30. September oder 1. Oktober 1917 in ausgeprägter Form wiederholt[22], daß ihm nämlich, wo es sich um das Schreiben dreht, kein Mittel, kein Kniff – das ist doch mit »Kunststück« wohl gemeint – zu schlecht ist, auch wenn es auf Kosten eines »geraden Lebens« geht.

Am 7. November wiederholt er die Warnung in einem schon unmißverständlichen Ton:

»..., aber durch mein Dasein, durch mein Dasein quäle ich Sie. Ich bin im Grunde unverwandelt, drehe mich weiter in meinem Kreise, habe nur ein neues, unerfülltes Verlangen zu meinem übrigen unerfüllten bekommen und habe eine neue menschliche Sicherheit, vielleicht meine stärkste, geschenkt erhalten zu meinem sonstigen Verlorensein. Sie aber fühlen sich unruhig und gestört, weinen im Traum ..., kurz die Gewinne sind zwischen uns ungerecht, höchst ungerecht verteilt.

(...) Ich wiederhole, nicht ich habe das verschuldet, – was bin denn ich? – aber das, worauf mein Sinn seit jeher allein gerichtet war, und dessen Richtung auch jetzt seine einzige ist und in die er Sie treiben muß, wenn er Sie nicht verlieren will. Was ist das für eine traurige Gewalt, die ich da verurteilt bin, Ihnen anzutun!« (F. 78)

Jetzt gibt Kafka auch schon indirekt zu, daß es ihm nicht um Felice geht, sondern nur um den Gewinn, den sie ihm bringt, die menschliche Sicherheit. Er ist sich im klaren darüber, daß diese Sicherheit nur so lange gewährleistet ist, als sie in einer Hand besteht, die ihm von ferne angeboten wird – um diese Rettungsmöglichkeit allein wirbt er –, daß er sie aber niemals wird ergreifen dürfen, damit seine eigene Hand frei bleibt, um die Feder zu führen, die darüber schreibt. So grausam müssen Dichter dem Lebendigen gegenüber manchmal sein, um es zu werden. Die Opfer allerdings, die es zufällig trifft, die ihre Lebenskraft dem Papier abgeben müssen, über dem ihr Dichter stirbt, um es als Kind zu hinterlassen, sind nicht zu beneiden. Maria Meyer ist es damals nicht besser ergangen als später Felice Bauer. Damit sie Mörikes Elisabeth und Peregrina werden konnte, mußte sie »fort in die graue Welt hinaus«. – »Und mit weinendem Blick, doch grausam, hieß ich das schlanke, zauberhafte Mädchen ferne gehen von mir.«[23]

Und so beugt denn auch Kafka weiterhin, mitten im Werben, seiner Erhörung sorgfältig vor. Noch im selben Brief heißt es, etwas weiter unten: »Ich wäre Ihnen unleidlich, käme ich selbst. So wie ich auf dem Weg zum Hotel war, so bin ich[24]. Meine Lebensweise, durch die ich allerdings meinen Magen geheilt habe, käme Ihnen närrisch und unerträglich vor.« (F. 79) – Nicht gerade aufmunternd jedenfalls! Aber praktisch im selben Atemzug, im gleichen Abschnitt des Schreibens noch, in dem er eben diese Lebensweise beschreibt, bettelt er wieder:

»..., verwerfen Sie mich aber deshalb nicht, suchen Sie mich auch nicht in diesen Dingen zu bessern und dulden Sie mich freundlich in der großen Entfernung.« (F. 80)

Näher beisammen könnten sie kaum mehr stehen, die beiden Komponenten des Paradoxons Kafka: der Wunsch nach Geduldetsein und die Notwendigkeit der Entfernung, die Sehnsucht und die Angst.

Im nächsten Brief, am 8. November, schildert Kafka die nächtliche Geburt seiner Nichte. Und schonungsloser könnte ein Mann einer Frau nicht offenbaren, daß sie ihn nie haben wird, als es eben hier geschieht: »Ich blieb noch eine Weile im Bett ... und konnte den freundschaftlichen Anteil unseres Fräuleins an dieser Geburt nicht begreifen, da doch ich, der Bruder und Onkel, nicht die geringste Freundschaft fühlte, sondern nur Neid, nichts als wütenden Neid gegen meine Schwester oder besser gegen meinen Schwager, denn ich werde niemals ein Kind haben, das ist noch sicherer als – (ich will ein größeres Unglück nicht nutzlos aussprechen).« (F. 82)

Womit es eben ausgesprochen ist. Ob da, wo jetzt der Gedankenstrich steht, nun hätte stehen sollen, noch sicherer als kein Kind werde er keine Frau haben, oder nicht, das nicht Verschwiegene müßte eigentlich genügen, um einer Frau den letzten Mut zu nehmen. Aber da war auch die andere Seite; die offenen Anbetungen in manchen Passagen mancher Briefe zum Beispiel oder – wenn sie diese als jene »kleinen Winkelzüge« durchschaut hätte, von denen Kafka selbst im Zusammenhang mit seinen kleinen Erzählungen einmal schrieb[25] – allein die jeden Zweifel hinwegschwemmende Flut von Briefen hätten Felice in die andere Richtung verunsichern müssen. Wie hätte sie, die einfache Büromamsell, denn ahnen können, mit was für einem Sonderfall von Mann sie sich da einließ.

Schon einen Tag nach dieser abschreckenden Darstellung der

Kindsgeburt, am 9. November, ist dieser Mann drauf und dran, seine Winkelzüge aufzugeben und das Opfer, an dem er sie erprobte, durch ein offenes Geständnis seiner egozentrischen Motive freizugeben, solange noch Zeit ist und Unheil noch vermieden werden kann. Ein Briefentwurf zeugt von diesem Anlauf:

»Liebstes Fräulein! Sie dürfen mir nicht mehr schreiben, auch ich werde Ihnen nicht mehr schreiben. Ich müßte Sie durch mein Schreiben unglücklich machen, und mir ist doch nicht zu helfen. Um das einzusehen, hätte ich es nicht nötig gehabt, alle Uhrenschläge der heutigen Nacht abzuzählen, ich habe es ja vor meinem ersten Briefe klar gewußt, und wenn ich mich trotzdem an Sie zu hängen versucht habe, so verdiente ich allerdings dafür verflucht zu werden, wenn ich es nicht schon wäre. (...) Vergessen Sie rasch das Gespenst, das ich bin, und leben Sie fröhlich und ruhig wie früher.« (F. 83 f.)[26]

Diese Zeilen wurden nie abgeschickt. Welche Chance war damit vertan, müssen wir sagen, wenn wir Felicens Standpunkt einnehmen, welche Gefahr abgewendet, wenn wir von Kafka und seiner Dichtung aus denken, die mit dieser Entscheidung aufs engste verbunden ist. Aber so kann überhaupt nicht argumentiert werden. An den wirklich entscheidenden Stellen des Lebens gibt es die Freiheit der Wahl nicht. »Möglich ist nur das, was geschieht«, sagt Kafka selbst (T. 250).

Trotz des sehr genauen Bewußtseins des Unglücks, das er damit heraufbeschwört, schreibt Kafka also weiterhin Briefe statt Abschiede. Immerhin, in abgeschwächter Form läßt er seinen Entwurf vom 9. November im Brief vom 11. desselben Monats, in dem er Felice erstmals duzt, durchschimmern, wo es am Ende heißt: »... lassen wir alles, wenn uns unser Leben lieb ist. Wollte ich mich mit Dein unterschreiben? Nichts wäre falscher. Nein, mein und ewig an mich gebunden, das bin ich und damit muß ich auszukommen suchen.« (F. 89)

Welche Wirkung mußte – ausgerechnet in diesen Zeilen, in denen Kafka sich zu dem für ihn das Unmögliche beinhaltenden Du durchringt; der Brief beginnt noch mit dem formellen Sie –, die Verweigerung des Dein auf die Empfängerin haben, dieses offizielle Bekenntnis zur totalen Ichbezogenheit? – Felice wendet sich an Max Brod um Rat[27]. Aber noch ehe dessen Antwort vom 15. November bei ihr eingetroffen sein mag, hat sie am Sonntag, dem 17. November, von Kafka einen Strauß Rosen zur Versöhnung erhalten. Und vom nächsten Brief an beginnt sich auch das »Dein« trotz aller Vorbehalte in der Unterschrift einzuschleichen. Wie sollte sie sich da zurechtfinden? Oder in dem Geburtstagsbrief vom 15. November etwa:

»Zu Deinem Geburtstag ... darf gerade ich Dir gar nichts wünschen, denn wenn es auch sehr wahrscheinlich dringende Wünsche für Dich gibt, die gleichzeitig gegen mich gerichtet wären – nun, ich kann sie nicht aussprechen; was ich aber sagen könnte, wäre nur Eigennützigkeit.« (F. 96)

Wie diese verschlüsselte und für einen geraden Charakter fast undurchschaubare Ausdrucksweise auch, fügen wir hinzu. – Uns ist es klar, was da gesagt wird: Wenn er wirklich ihr Bestes wollte, müßte er ihr wünschen, sich von ihm befreien zu können; da er sie aber braucht, als Kraftquelle, als Sicherheit in der Ferne, vor allem auch als Tummelplatz der eigenen Qualen, schweigt er zu seinen Gunsten. – Die Reihe solcher Beispiele ließe sich nach Belieben verlängern, die zitierten stammen aus einem Zeitraum von lediglich zwei Wochen –, bis er schließlich trotz allem oder vielleicht in der sicheren Annahme, nun endlich einleuchtend genug gegen sich plädiert zu haben, die Entscheidung herbeizuführen sucht, indem er im Brief vom 16. Juni 1913 die Möglichkeit einer ehelichen Verbindung ins Gespräch zu bringen wagt (vgl. F. 399 ff.)[28]. Wie muß er erschrocken sein, als Felice, ungeachtet all seiner Warnungen und Abschreckungsversuche, spontan ihr Jawort gibt, das drei Tage danach bereits bei ihm eingetroffen sein muß.

»Ich will heiraten und bin so schwach, daß mir die Knie schlottern infolge eines kleinen Wortes auf einer Karte.« (F. 405)

Nun fährt er mit gröberem Geschütz auf, wie man überhaupt allgemein sagen kann, daß seine Angst vor einer Verbindung proportional zu ihrer immer näher rückenden Möglichkeit anwächst, Distanz von Ich und Du und Intensität der Abwehr- und Selbstschutzmaßnahmen sich also umgekehrt proportional verhalten. Kafka setzt zu einer eigentlichen Verteidigungsrede an, nicht zu seinen Gunsten selbstverständlich, sondern, im eigentlichen Sinn des Wortes, zur Verteidigung seiner Unabhängigkeit, seines Zwanges zum Alleinsein, seiner selbst, also doch wieder zu seinen Gunsten, zu einem Plädoyer gegen und für sich, das sich über drei Wochen hinzieht. Zunächst weigert er sich einfach, ihr Ja beim Wort zu nehmen, hält ihr vor, sie habe seine Gegenargumente zu wenig überdacht, zu wenig ernst genommen (Brief vom 20. Juni 1913, F. 405 f.), ihr Ja sei deshalb noch nicht »das ganz bewußte Ja-sagen«. – »Felice, Du glaubst doch nicht, daß ich Freude daran habe, Dich zu quälen, nun gut, dann bemesse daran, daß ich es doch tue, die Notwendigkeit dessen.« (Brief vom 22. Juni 1913, F. 406 f.) Als das nicht verfängt, versucht er ihr nocheinmal das traurig einsame Dasein an der Seite eines Schreibenden auszumalen, der keine Zeit haben wird, seine Liebe zu zeigen. Seine Armut führt er ins Feld, schließlich seinen Ekel vor der Geschlechtlichkeit (Brief vom 21., 22. und 23. Juni 1913, F. 407 ff.), sein unwandelbares Verhältnis zum Schreiben und daher auch zu den Menschen, vor denen er Angst hat. Je größer die Bedrängnis, desto tiefer und echter werden nun tatsächlich die Argumente der Verteidigung.

Im Brief vom 26. Juni heißt es noch: »Die Furcht vor Menschen habe ich seit jeher gehabt, nicht eigentlich vor ihnen selbst, aber vor ihrem Eindringen in meine schwache Natur ...« (F. 412) Aus den advokatorischen Winkelzügen ist ehrlichste Notwehr geworden. Kafka weiß sich nicht mehr zu helfen, ermüdet läßt er die Hand sinken, die zur Abwehr ausgestreckt war, resigniert und im Ton der Erschöpfung fragt er am 1. Juli: »Du willst also trotz allem das Kreuz auf Dich nehmen,

Felice? Etwas Unmögliches versuchen?« – Und etwas weiter heißt es: »... und nehme Dich als meine liebe Braut.« Aber wie durch die Schwere dieser scheinbar so einfachen Worte aus der momentanen Lethargie aufgeschreckt, rafft er sich gleich wieder auf und fährt unmittelbar anschließend fort: »Und gleich darauf (es will sich nicht halten lassen), aber womöglich zum letzten Mal sage ich, daß ich eine unsinnige Angst vor unserer Zusammenkunft habe und vor dem Unglück, das sich durch meine Natur und Schuld aus unserem Zusammenleben entwickeln kann und das zuerst und vollständig Dich treffen muß, denn ich bin im Grunde ein kalter, eigennütziger und gefühlloser Mensch trotz aller Schwäche, die das mehr verdeckt als mildert.« – Und noch zwei Abschnitte weiter: »... so wie eben Angst neben Gleichgültigkeit das Grundgefühl ist, das ich gegenüber Menschen habe.« (F. 416 ff.)

Dann im nächsten Brief vom 3. Juli 1913, in dem er symbolisch den Handschlag vollzieht, gar wieder dieses gräßliche Bild: »Nein, wir halten uns also von nun ab fest und legen die Hände ordentlich ineinander. Denkst Du noch an meine lange knochige Hand mit den Fingern eines Kindes und eines Affen? Und in die legst Du nun Deine.« (F. 418) – Wohl eine der boshaftesten Zeichnungen einer bürgerlichen Idylle, die es überhaupt gibt. Aber es blieb wohl keine andere Wahl mehr, als in diesem Befreiungskampf gegen die immer näher kommende, immer lebendiger werdende Drohung auch zu den bösesten Mitteln zu greifen. »... dieses Ja von beiden Seiten hat eine entsetzliche Macht«, schreibt er am 10. Juli (F. 425 f.). Dieser Macht ist Kafka nicht gewachsen, er muß die letzte Möglichkeit ins Auge fassen: das Eingeständnis seiner absoluten Unfähigkeit zur Liebe, zum Du.

Schon am 7. Juli hat er geschrieben: »Ich kann nicht mit Menschen leben, ... (...) Ich kann eben das Zusammenleben mit Menschen nicht ertragen, ja ich habe fast nicht die Kraft, es als Unglück zu empfinden.« (F. 423)

Diese Ehrlichkeit, dieses Stehen zum Gefühl der Fremdheit gegenüber allem Fremden ist entwaffnend. Die Entwaffnung geht weiter am 8. Juli: »Es ist unmöglich, und wenn ich auch verzweifelt danach die Hand ausstrecke, es ist mir nicht gegeben. Das ist nicht Unentschlossenheit, ... sondern das ist eine Überzeugung, die niemals aufgehört hat, die ich aber mißachtet habe, ... die aber endlich sich nicht mißachten läßt, denn sie kommt unmittelbar aus meiner Natur.« (F. 424)

Gegen die Natur eines Menschen läßt sich wirklich nichts mehr sagen, da bleibt allenfalls Mitleid übrig, wenn sie von der Art ist, daß der ihr Unterworfene von sich sogar sagen muß: »... (ich habe meinem Sinn nach keine Verwandten und keine Freunde, kann sie nicht haben und will sie nicht haben) ...« (F. 425) Wobei das Nicht-haben-Wollen das Nicht-haben-Können schon beinhaltet, und umgekehrt, denn Wille und Macht sind keine voneinander unabhängige Qualitäten.

»Aber was mich hält«, schreibt Kafka am 10. Juli, »ist förmlich ein Befehl des Himmels, eine nicht zu beschwichtigende Angst ... Es ist, um ganz offen zu sein (wie ich es vor Dir immer war nach dem Grad der Selbsterkenntnis des Augenblicks) und um von Dir schließlich als Irrsinniger erkannt zu werden, die Angst vor der Verbindung selbst mit dem geliebtesten Menschen, und gerade mit ihm.« Der Inhalt der Klammer ist nicht ganz glaubwürdig, um so mehr aber die Angst, die sich auch in der Fortsetzung des Briefes spiegelt: »Ich habe das bestimmte Gefühl, durch die Ehe, durch die Verbindung, durch die Auflösung dieses Nichtigen, das ich bin, zugrundezugehn ...« (F. 426)

Mit diesem offenen Geständnis erreicht Kafka wenigstens fürs erste eine Vertagung der Verbindung bis ins nächste Jahr. Er beantragt sie am 13. Juli, und von da an werden seine Briefe ruhiger. Aus der Verschiebung, aus der wiedergewonnenen Distanz schöpft er wieder Kraft, er kann jetzt sachlich über die Verlobungszeit und die Möglichkeit einer Heirat sogar wieder reden. Ja, er wähnt sich offenbar schon wieder so sicher, daß er es wagt, sein Bedürfnis, bei ihr zu sein, offen auszusprechen (Brief vom 3. August 1913, F. 433). Mitte August bittet er brieflich bei Felicens Eltern um die Hand ihrer Tochter[29], und dieses sozusagen erste offizielle Dokument wirft ihn – wie zu erwarten gewesen – erneut zurück in die Zeit seiner schrecklichsten Ängste.

»Ich dachte«, schreibt er am 2. September an Felice, »(Du dachtest es auch), ich würde ruhiger werden, wenn ich Deinem Vater schriebe. Es geschieht das Gegenteil, verstärkter Angriff verstärkt die Kräfte dieser Sorgen und Ängstigungen unmäßig. Es wirkt hier eben das Diktat, das alle Schwächlinge beherrscht und das auf äußerste Buße, auf äußersten Radikalismus drängt. Die Lust, für das Schreiben auf das größte menschliche Glück zu verzichten, durchschneidet mir unaufhaltsam alle Muskeln. Ich kann mich nicht frei machen. Die Befürchtungen, die ich habe, für den Fall, daß ich nicht verzichte, verdunkeln mir alles.« (F. 459 f.)

Am 30. August hat es geheißen: »Es sind ja kaum Tatsachen, die mich hindern, es ist Furcht, eine unüberwindliche Furcht, eine Furcht davor, glücklich zu werden, eine Lust und ein Befehl, mich zu quälen für einen höheren Zweck.« (F. 458)

Überdeutlich spürt er wieder, und er sagt es ihr auch in dem Brief vom 16. September, in dem er von Venedig aus Abschied nimmt, daß sich nichts geändert hat und sich nie etwas ändern wird: »... bei der geringsten Annäherung der geringsten Realität wäre ich unbedingt wieder außer Rand und Band und würde ohne Rücksicht, unter dem unwiderstehlichen Zwang das Alleinsein zu erreichen suchen.« (F. 466)

5. Ein Gesetz

Damit ist nun jene Pattstellung im Kampf um und gegen die Braut erreicht, die wir in einem Brief vom 28. September 1913 aus Riva an Max Brod geschildert finden und die wir als Ausgangslage für das ver-

mittelnde Eingreifen Grete Blochs, Felicens Abgesandter, zu betrachten haben:

»... ich bin gierig nach Alleinsein, die Vorstellung einer Hochzeitsreise macht mir Entsetzen, jedes Hochzeitspaar, ob ich mich zu ihm in Beziehung setze oder nicht, ist mir ein widerlicher Anblick, und wenn ich mir Ekel erregen will, brauche ich mir nur vorzustellen, daß ich einer Frau den Arm um die Hüfte lege. Siehst Du – und trotzdem, und obwohl die Sache beendet und ich nicht mehr schreibe und nichts Geschriebenes bekomme – trotzdem, trotzdem komme ich nicht los. Es sitzen hier eben in den Vorstellungen die Unmöglichkeiten ebenso nah beisammen wie in der Wirklichkeit. Ich kann mit ihr nicht leben und ich kann ohne sie nicht leben. Durch diesen einen Griff ist meine Existenz, die bisher wenigstens zum Teil für mich gnädig verhüllt war, vollständig enthüllt. Ich sollte mit Ruten in die Wüste getrieben werden.« (B. 122)

»Ich kann mit ihr nicht leben und ich kann ohne sie nicht leben.« – Richtig gelesen, das heißt vor allem richtig betont, nämlich im ersten Satzteil auf dem »mit« und im zweiten auf dem »leben«, ist dieses Paradoxon ein Todesurteil: Da er mit ihr nicht leben kann, wird er ohne sie auskommen müssen und das heißt, nicht leben können. »Durch diesen einen Griff« wird, was im »Urteil«, dem Bewußtsein noch teilweise verhüllt, ahnungsvoll hingeworfen war, nämlich das Gesetz, der Fluch eines Lebens, plötzlich »vollständig enthüllt«. Nicht leben! – Diese Vertreibung »mit Ruten in die Wüste« steht in der Mitte zwischen dem »Tod durch Ertrinken« im »Urteil« und der Hinrichtungsszene am Ende des »Prozeß«-Romanes. Noch bevor der eigentliche Prozeß begonnen hat, ist in diesem »einen Griff« das Gesetz begriffen, das über ihm waltet.

6. Vorbereitungen für eine Niederlage

Das Urteil im Fall K. und F. B. war also schon gesprochen, als Grete Bloch die Szene betrat, die zum Tribunal werden sollte: Kafka kann mit Felice Bauer nicht leben!

Nun geschieht etwas Unvorhergesehenes, Kafka wendet den größten Teil der Zuneigung, um die Grete ab dem 1. November 1913 für Felice bei ihm hausieren kommt, der Liebesbotin selber zu[30]. Eine erste Unterredung führt zunächst am Wochenende vom 8. und 9. November zu einer kurzen Zusammenkunft mit Felice in Berlin, die allerdings – Felice muß sich ganz ablehnend verhalten haben, ihn den größten Teil der Zeit vergeblich warten lassend – für Kafka zu einer der größten Demütigungen seines Lebens wird[31]. Unter dem Eindruck dieser Erniedrigung beginnt er im ersten wirklichen Brief an Grete Bloch – der vorhergehende war nur eine Information –, den er gleich nach seiner Rückkehr, am 10. November, an sie richtet, mehr oder weniger versteckte Andeutungen seiner Sympathie einzuflechten:

»... dann kamen Sie und waren ein zartes, junges, gewiß etwas merkwürdiges Mädchen.« (F. 473) – Er spricht, übertrieben höflich, von ihrem »lieben Brief« (F. 473), von »dessen klarer Güte« (F. 474), und diese Komplimente werden zusammen mit der Klage über Felicens Verhalten in einen Umschlag gesteckt. – Eine Woche später, am 18. November, wird er bereits leidenschaftlicher: »Liebes Fräulein«, schreibt er, »nun raube ich Ihnen Ihre Nächte, sehe Ihr alle meine Vorstellungen und Fähigkeiten übersteigendes Mitgefühl, wärme mich daran ganze Tage und antworte nicht. (...) Vielleicht haben Sie keinen Brief von mir erwartet, aber ich habe ihn erwartet, ich hatte Ihnen unmittelbar auf Ihren Brief viel zu antworten oder irgend etwas zu tun, was dem Küssen Ihrer Hand gleichkäme.« – Und im gleichen Atemzug erwähnt er: »Im übrigen habe ich F. seit meinem Besuch überhaupt nicht geschrieben und auch nichts von ihr gehört.« – Es entgeht ihm selbst nicht, daß er im Begriff ist, zwischen den Zeilen ein böses Spiel zu inszenieren, deshalb fährt er fort: »Aber ich höre auf. Ich benehme mich im Brief so schändlich, wie ich es in Wirklichkeit niemals tun könnte.« – Natürlich weiß er, daß seine Wirklichkeit ja das geschriebene Wort ist, natürlich hört er nicht auf. Statt dessen schildert er diesem Mädchen, das er noch kaum kennt, im gleichen Brief einen Traum und klagt dann über die trostlose Leere seines Briefwechsels mit Felice, offenbar um den wohltuenden Unterschied des neuen Briefwechsels im Vergleich dazu zu betonen und sich damit in die Abhängigkeit der Dankbarkeit gegenüber der neuen Partnerin zu begeben: »Und das Schlimmste daran ist, daß dann wieder von beiden Seiten Briefe kommen, die von nichts anderem handeln als vom Schreiben, leere, zeitverschwenderische Briefe, im Geheimen nichts anderes als Darstellungen der Plage, die ein Briefwechsel bedeutet, vielmehr bedeuten kann.« (F. 477 ff.)

Gleichzeitig setzt wieder seine Werbung um Felice ein, fast gesetzmäßig, würden wir nach der bisherigen Kenntnis des Falles urteilen, ihr starker Widerstand fordert seine Sehnsucht geradezu heraus, indem er seine Angst so sehr besänftigt, daß er das unüberwindliche Hindernis, das früher der Hauptpunkt seiner Verteidigung war, leichtsinnig für hinfällig erklärt: »Was mich gehindert hat, war ein erdachtes Gefühl, im vollständigen Alleinsein liege eine höhere Verpflichtung für mich ... Ich glaube gar nicht mehr daran, es war Konstruktion, nichts sonst ...«, schreibt er am Abend des 29. Dezember (F. 484) und schon am 2. Januar 1914 bittet er sie, sich bedingungslos ausliefernd, erneut um ihre Hand (F. 487 ff.).

Den Gegenmythos, den er schützend um seine Person aufgebaut hat, zerstört er damit. Den Mut dazu mag ihm, neben der spürbaren Unwahrscheinlichkeit eines Ja von seiten Felicens, die Nähe einer anderen Frau gegeben haben. Oder aber vielleicht umgekehrt auch schon wieder die unbewußte Angst gerade vor der zunehmenden Nähe dieser neuen Frau. Annäherung nach der einen Seite würde dann nur Flucht vor der andern bedeuten.

Denn auf dieser andern Seite ging ja, wenn auch nicht so wörtlich ausgesprochen, seine Werbung auch weiter und stieß sogar auf weniger taube Ohren. In der Zeit von diesem zweiten Um-die-Hand-Anhalten bis zum 9. Februar schreibt Kafka nicht mehr nach Berlin, auch dann nur kurz, dann wieder nicht mehr bis zum 13. März; um so häufiger aber nach Wien, wo Grete wohnt, die er immer tiefer ins Vertrauen zieht und eigentlich zu seiner Verbündeten gegen Felice zu machen versucht. Am 7. Februar fordert er sie eindringlich auf: »Und Sie sollen, wenn Sie von sich schreiben, nicht mehr hinzufügen ›die Tatsache, daß Sie sich dafür nicht interessieren können‹« (F. 496), und gibt damit zu verstehen, daß sein Verhältnis zu ihr unabhängig von seinem und ihrem zu Felice besteht. Am 11. Februar läßt er zum erstenmal der formellen Unterschrift jene »herzlichen Grüße« vorangehen, die in der Folge zur Regel werden (F. 501). In dem am 25. Februar beendeten Brief nennt er Grete einen »Menschen, der mir sehr nahe geht«. Und in den folgenden zwei Abschnitten holt er zu einem weitgehenden Geständnis aus:

»Ich schrieb Ihnen den ersten Brief nur F.s wegen, daran ist ja gar kein Zweifel. (...) Die Briefe aber, in denen ich Sie um Hilfe bat, sind vorüber. (...) Ich will keine Hilfe mehr, nur hören will ich (wenn Sie es nur ein wenig wollen), wie es Ihnen geht. Mischt sich eine Nachricht über F. ein, wird es gewiß sehr gut sein, aber selbst dann wird es nicht die Hauptsache sein.« (F. 505)

Plötzlich steht also Grete im Zentrum, eine Nachricht über Felice wird als Einmischung empfunden. Man hat nun auch schon Geheimnisse vor ihr: »F. erfährt natürlich von Ihrem Brief nichts«, heißt es in der Fortsetzung des Schreibens (F. 506).

Trotz alledem, um wieder einen Blick auf die andere Seite des seltsam zweispurigen Freiens zu werfen, trifft sich Kafka am 28. Februar und 1. März wieder mit Felice in Berlin. Die Ansichtskarte, die Grete von dieser Reise aus Dresden erhält, stellt sachlich fest: »War in Berlin. Es konnte nicht schlimmer sein. Jetzt käme das Pfählen daran«, trägt hingegen die Anschrift: »Herzlichste, herzlichste Grüße« (F. 506). Und am Tag darauf, also am 2. März, bestätigt Kafka es in seinem ausführlichen Brief: »Wenn mir etwas in diesen zwei Tagen wohlgetan hat, war es der Gedanke an Sie, an Ihre Zuverlässigkeit und Wahrhaftigkeit.« (F. 507)

So weit waren also die Dinge schon fortgeschritten, daß Kafka, wenn er in Berlin um die Liebe Felicens rang, er eigentlich damit Grete meinte. Nur wieder einen Tag später beginnt er sie mit ihrem Vornamen anzureden, und aus dem früheren »F. Kafka« oder »F. K.« wird gleichzeitig ein »Franz Kafka« (F. 508 ff.); noch einen Tag später, am 4. März, verschiebt sich das Gewicht weiter zugunsten seines Vornamens. Der Brief dieses Datums schließt: »Leben Sie wohl und bleiben Sie bitte die gute Freundin Ihres (ja wie denn?) Franz K.« (F. 512) Am 7. März teilt er ihr mit, Felice habe ihm gegenüber bemerkt, es scheine ihm »an Fräulein Bloch sehr viel zu liegen«, und fügt hinzu: »Das konnte ich nur bejahen.« (F. 514)

So tastet er sich immer näher an Grete heran – während er auf der andern Seite unbedingte Klarheit um Felice anstrebt –, bis zu einem Liebesgeständnis zwischen den Zeilen, am 11. oder 12. März 1914: »Sollte es für Sie noch nicht so klar sein wie für mich, daß unsere Beziehungen zu F. sich zwar aus unserer gegenseitigen Beziehung nicht entfernen lassen, denn dazu sind sie zu stark und vielleicht unauflösbar, daß sie aber wenigstens jetzt der wichtigste Teil nicht mehr sind, daß ich also gut von dieser Sache schweigen kann, wenn mir das Wort versagt, daß dies aber nicht im geringsten unsere Hände voneinander lösen darf, die wir als gute Freunde einander gereicht haben.« (F. 517)

Auch wenn die Vermutung, Grete habe Kafka wahrscheinlich 1914 einen Sohn geboren, den er selber nie kannte, kaum zu halten ist[32], so hatte er sich damit nun doch in eine solche für ihn gefährliche Nähe zu ihr begeben, daß seine Wendung zur Flucht förmlich in der Luft liegen mußte.

Tatsächlich drängt er jetzt auf telegraphischem Weg[33] Felice zur Entscheidung, und es gelingt ihm nun auch wirklich mit Hilfe eines Ultimatums[34], ihr eine Stellungnahme abzutrotzen und, nach einem weiteren brieflichen Hin und Her, schließlich die Begegnung in Berlin am 12. und 13. April, in deren Verlauf es zur inoffiziellen Verlobung kommt. Freilich auf der schwachen Basis von Felicens Einwilligung, deren »Hauptwortlaut« Kafka in einem Brief an Grete Bloch vom 3. oder 4. April folgendermaßen wiedergibt: »Du hast mir gesagt, die Liebe, die ich für Dich fühle, genügt Dir, also gut.« (F. 540)

Also gut. Kafka ist mit Felice verlobt. Und hat nun nichts Wichtigeres zu tun, als – kaum aus Berlin zurück – Grete noch am 14. April, todmüde von der Reise, mitzuteilen: »Meine Verlobung oder meine Heirat ändert nicht das geringste an unserem Verhältnis, in welchem wenigstens für mich schöne und ganz unentbehrliche Möglichkeiten liegen.« (F. 550) Und einen Tag später gar: »... ich habe eine ganz offenbare und wirkliche Sehnsucht nach Ihnen.« (F. 550)

Noch bevor also die familiäre Verlobungsfeier stattgefunden hat, scheint er instinktiv damit zu beginnen, Material gegen sich zu liefern, Material, das möglicherweise eines Tages gegen ihn verwendet werden und ihn so notfalls von der Verlobung wieder befreien kann. »Diese Schlinge«, mit der er Grete bindet, wie er selber halbwegs zugibt, und die er je nach Bedarf um seinen eigenen Hals legen kann, wird er »mit allen Zähnen festzuhalten versuchen« (vgl. Brief an Grete Bloch vom 16. April, F. 552).

Grete muß unbedingt bei der offiziellen Verlobungsfeier, die am Pfingstmontag, dem 1. Juni 1914, im Hause Bauer stattfindet, dabeisein; Kafka schließt seine Aufforderung vom 29. Mai mit Worten, von denen man glauben würde, daß sie an die Braut gerichtet sind: »Beeilen Sie sich nur zu F., der ich nichts verraten habe, zu kommen, ohne Rücksicht auf das Kleid, verbessern Sie nichts mehr daran, es wird, wie es auch sein mag, mit den, nun, mit den zärtlichsten Augen angesehen werden.« (F. 592)

Kafka nahm dann aber wohl gar nichts wahr, die Feier im Kreise der Familien wurde ihm zum Schrecken, der ihn gänzlich lähmte. Und als sich die Lähmung wieder gelöst hatte, konnte er nur noch eine Möglichkeit, sein Heil zu suchen, gesehen haben: Grete. Vor ihr hatte er sich durch diese Verlobung geschützt; sie konnte ihn von ihr wieder erlösen. Unbewußt hatte er ja schon längst auf diese Möglichkeit hingearbeitet, er brauchte jetzt nur in der vorgegebenen Richtung weiterzugehen.

Er tat es, und zwar gründlich. Kaum mit Felice verlobt, schreibt er Grete am 2. Juni einen Liebesbrief, der mit der Zeile endet: »Und nun küsse ich noch Ihre liebe Hand.« (F. 593) – Aber nicht nur in dieser Weise kompromittiert er sie gegenüber ihrer Freundin, sondern auch – noch viel perfider – indem er das, was er an Felice einmal erfolgreich erprobt hat, an ihr wiederholt: er überzeugt sie in vielen Briefen, wovon er selbst seit jeher überzeugt war, von seiner Unfähigkeit zur Liebe und Ehe.

»Manchmal – Sie sind die einzige, die es vorläufig erfährt – weiß ich wirklich nicht, wie ich es verantworten kann, so wie ich bin zu heiraten. Eine auf die Festigkeit der Frau begründete Ehe? Das wird ein schiefes Gebäude, nicht?« (Brief an Grete Bloch vom 6. Juni 1914, F. 595)

»Ein durch seine Lebensumstände und durch seine Natur gänzlich unsozialer Mensch, ... entschließt sich, allerdings unter dem stärksten innersten Zwang, zum Heiraten, also zur socialsten Tat.« (Brief an Grete Bloch vom 11. Juni 1914, F. 598)

»...; ich bin ungesellig bis zum Verrücktsein, nicht nur für mich, sondern für alle, die ich liebe.« (Brief an Grete Bloch vom 1. Juli 1914, F. 606)

Das alles – und noch viel mehr – ist Material, das Kafka in Gretes Händen gegen sich anhäuft, bis es eben genug ist, bis Grete nicht mehr anders kann, als am 3. Juli schließlich mit einem scharfen Brief zu reagieren:

»Doktor mir versagen fast die Worte. Wenn Sie sich nicht in sich selbst täuschen – kann ich das heute nach all diesen Gegenbeweisen noch hoffen? – steht es schlimm. Ich sehe auf einmal so klar und bin ganz verzweifelt. Daß ich mit Gewalt in einer Verlobung ein Glück für Sie Beide sehen wollte und Sie so bestimmt habe, schafft – das ist sicher – eine grenzenlose Verantwortung, der ich mich kaum mehr gewachsen fühle. (...) F. sprach ich nur flüchtig. Nach all diesen Briefen wage ich ihr kaum in die Augen zu sehen. – Grollen dürfen Sie mir nur, ob meiner lächerlichen unverantwortlichen Weichlichkeit bei der Beantwortung früherer Briefe. G.« (F. 608)

Die Warnung ist klar genug, Kafka muß von jetzt an damit rechnen, bei Felice denunziert zu werden, und doch scheint ihm Grete gerade mit diesem kompromißlosen Brief eine letzte Chance geben zu wollen, zu widerrufen, sich wenigstens – und damit auch sie vor ihrer Freundin – zu entlasten. Aber mit dieser Taktik hat sie gänzlich an Kafka vorbeigezielt, der Hieb geht ins Leere. Kafka – statt sie zu beschwichtigen, wie sie es wohl erwartet hat – antwortet mit einem letzten, noch totaleren Geständnis, das sie einfach zwingen muß, sich der Freundin endlich anzuvertrauen. An seinem einunddreißigsten Geburtstag, am 3. Juli 1914, sieht er sich am Ziel seiner Selbstbefreiungsprozedur:

»Mein liebes Fräulein Grete, das ist allerdings ein sehr eindeutiger Brief. Ich könnte sagen, daß ich Sie endlich überzeugt habe. Früher als F., denn wir kennen einander erst seit November, während um F. das erste Mal zu überzeugen, fast ein Jahr nötig war, ... Es hat sich in unserem Verhältnis, Fräulein Grete, um nichts anderes gehandelt als darum, Sie zu überzeugen. Sie hätten keine Briefe citieren müssen oder vielmehr, es ist nicht genug, daß Sie sie citiert haben. (...)

Nun habe ich Sie also überzeugt, Fräulein Grete, und Sie fangen an, in mir nicht F.'s Bräutigam sondern F.'s Gefahr zu sehn. (...) Wenn Sie es nicht ausdrücklich ausgeschlossen hätten, hätte ich gedacht, daß F. von Ihrem Brief weiß.« (F. 608)

Nun, wenn sie bis dahin nichts davon wußte, so mußte sie nach diesem geradezu herausfordernd ruhig vorgetragenen Bekenntnis bald davon erfahren. Jetzt konnte Grete ihrer Freundin gegenüber guten Gewissens nicht mehr schweigen. Nun mußte sie ihr die verfänglichen Dokumente in die Hand spielen. Kafka selbst forderte sie ja – indirekt – dazu auf. Und sie gehorchte. Sie unterstrich sogar mit roter Farbe jene Stellen in der von Kafka selbst gegen sich verfaßten Anklageschrift in Briefen, die ihr besonders belastend vorkamen[35]. Kafka hatte die Zeugin seiner – wie der obige Brief zeigt – von langer Hand vorbereiteten Selbstanklage so gut präpariert, daß sie nicht umhin konnte, sich als Richterin über ihn aufzuschwingen.

Am 12. Juli 1914, sechs Wochen nach dem Schrecken der Verlobung, findet die Entlobung statt, die Kafka als »Gerichtshof« in Erinnerung bleiben wird[36]. Anwesend sind Felice, deren Schwester Erna, Grete, Kafkas Berliner Freund Ernst Weiß und er selbst. Während über ihn hinweg die Anklage geführt und das Urteil gesprochen wird, das er provoziert hat, bleibt er stumm, verteidigt sich mit keinem Wort.

»Mit dem ›Gericht‹ im Askanischen Hof im Juli 1914 ist die Krise der Doppelbeziehung zu den beiden Frauen erreicht«, schreibt Elias Canetti. »Die Auflösung der Verlobung, zu der alles in Kafka drängte, ist ihm scheinbar von außen auferlegt worden. Aber es ist, als hätte er sich die Mitglieder dieses Gerichtshofes selbst ausgesucht, er hat sie präpariert, wie noch kein Angeklagter.« (C. 65)

Wenn Kafka während seiner Aburteilung auch schwieg und damit scheinbar das Urteil nicht annahm, so war er hinterher doch fair genug einzugestehen, daß das »teuflisch in aller Unschuld« (T. 292) gewesen ist; an Grete Bloch, auf die die von Kafka scheinbar abgelehnte Verantwortung am meisten zurückfallen mußte, schrieb er nachträglich, noch einmal zugebend, was sie eigentlich schon aus seinem letzten Brief vor dem Gericht wissen konnte: »Wenn Sie alle hassen sollten, ich hasse Sie nicht und nicht nur deshalb, weil ich kein Recht dazu habe. Sie saßen zwar im Askanischen Hof als Richterin über mir – es war abscheulich für Sie, für mich, für alle – aber es sah nur so aus, in Wirklichkeit saß ich auf Ihrem Platz und habe ihn bis heute nicht verlassen.« (Brief an Grete Bloch vom 15. Oktober 1914, F. 615)

Canetti meint: »Es läßt sich auch sagen, daß Kafka sie (Grete) in einer Art von vorsorglicher Ahnung nach Berlin dirigiert und dort mit seinen Briefen in einen Zustand versetzt hat, in dem sie statt seiner die Kraft fand, ihn aus der Verlobung zu erretten.« (C. 66)

Wäre es wohl zuviel gewagt, wenn man behaupten würde, Kafka habe in dieser merkwürdigsten aller denkbaren Dreiecksgeschichten die zwei Frauen zu seinem Vorteil gegeneinander ausgespielt? – Als er Grete zu nahe kam, verlobte er sich, um sich gegen sie abzuschirmen, mit Felice; gleichzeitig benutzte er wiederum die weiterdauernde Nähe zu Grete dazu, die Verlobung mit Felice wieder aufzulösen. Damit waren zwei Gefahren gleichzeitig abgewendet, zwei Frauen auf einen Streich getötet, und der Tod dessen, der das alles »absichtlich-unabsichtlich«, »teuflisch in aller Unschuld« in Szene gesetzt hatte, war der Scheintod eines »Schwachen, der sein Heil in Niederlagen sucht« (C. 117), also der eigentliche Sieg.

Wir haben von einem Selbstschutzmechanismus gesprochen, angesichts all dessen müssen wir sagen, es ist mehr als Mechanismus, es steckt Methode darin, es ist mindestens halbbewußtes Vorgehen. Absichtlich-unabsichtlich wird der Vogel immer von der Nahrung des Lebens ferngehalten[37].

7. F. wie Welt – das Gesetz im Prozeß

Wirft diese Einsicht nicht auch ein Licht zurück auf das »Urteil« und voraus auf den »Prozeß«, die zwei Geschichten, die Kafka »ihr« verdankt, Felice, seinem »repräsentativen Fall«? Wird nicht in ihnen ein ganz analoges – nicht ein gleiches: ein analoges – Vorgehen geschildert?

Vom »Urteil«, soweit es in unserem Zusammenhang von Bedeutung ist, haben wir schon gesprochen. Schon dort hat es von Georg Bendemann geheißen: »Ein unschuldiges Kind warst du ja eigentlich, aber noch eigentlicher warst du ein teuflischer Mensch.« (DE. 38)

Vom »Prozeß«, der unmittelbar im Anschluß an Kafkas Verlobungsaffäre im zweiten Halbjahr 1914 entstanden ist[38], muß jetzt die Rede sein (vgl. R. 259–470).

Der »Prozeß«-Roman beginnt mit einer Verhaftung, die der Verlobung Kafkas sehr ähnlich sieht in der Art, in der sie von ihm selbst am 6. Juni 1914, also fünf Tage danach, im Tagebuch beschrieben wird: »War gebunden wie ein Verbrecher. Hätte man mich mit wirklichen Ketten in einen Winkel gesetzt und Gendarmen vor mich gestellt und mich nur auf diese Weise zuschauen lassen, es wäre nicht ärger gewesen. Und das war meine Verlobung...« (T. 275)

Und das ist Josef K.'s Verhaftung: »Jemand mußte Josef K. verleumdet haben, denn ohne daß er etwas Böses getan hätte, wurde er eines Morgens verhaftet.« (R. 259)

Wie Kafka nicht wirklich als Verbrecher gebunden war, sondern nur »wie ein Verbrecher«, so hat auch K. nicht wirklich etwas Böses getan, sondern die Möglichkeit seiner Verhaftung beruht auf einer falschen Beurteilung seiner Person, die in der Mutmaßung »jemand mußte Josef K. verleumdet haben« (R. 259) ausgesprochen wird. – Aber auch mit der Wirklichkeit der Verhaftung selber hat es eine besondere Bewandtnis:

Schon die zwei Wächter, die tatsächlich vor ihn gestellt werden, scheinen ihre Macht K. gegenüber nur aus dessen eigener Lähmung zu ziehen und von sich aus nichts zu sein. »Vielleicht würden ihn die beiden, wenn er die Tür des folgenden Zimmers oder gar die Tür des Vorzimmers öffnete, gar nicht zu hindern wagen, vielleicht wäre es die einfachste Lösung des Ganzen, daß er es auf die Spitze trieb.« (R. 264) Und der Aufseher verrät ihm: »Sie sind nur verhaftet, nichts weiter. Das hatte ich Ihnen mitzuteilen, habe es getan und habe auch gesehen, wie Sie es aufgenommen haben.« (R. 270)

Aufschlußreich in dieser Beziehung ist aber vor allem die nachfolgende Passage: »›Sie werden wohl jetzt in die Bank gehen wollen?‹ ›In die Bank?‹ fragte K., ›ich dachte, ich wäre verhaftet.‹ K. fragte mit einem gewissen Trotz, denn obwohl sein Handschlag nicht angenommen worden war, fühlte er sich, insbesondere seitdem der Aufseher aufgestanden war, immer unabhängiger von allen diesen Leuten. Er spielte mit ihnen. Er hatte die Absicht, falls sie weggehen sollten, bis zum Haustor nachzulaufen und ihnen seine Verhaftung anzubieten. Darum wiederholte er auch: ›Wie kann ich denn in die Bank gehen, da ich verhaftet bin?‹ ›Ach so‹, sagte der Aufseher, der schon bei der Tür war, ›Sie haben mich mißverstanden. Sie sind verhaftet, gewiß, aber das soll Sie nicht hindern, Ihren Beruf zu erfüllen. Sie sollen auch in Ihrer gewöhnlichen Lebensweise nicht gehindert sein.‹« (R. 270)

Unsere Zweifel an der Realität dieser Verhaftung scheinen also sehr begründet. Zumindest wird K. nicht durch irgendeine Macht verhaftet, die sich in diesem Akt dokumentiert, das Weitgehendste, was man von ihm sagen kann, ist, daß er an etwas, vielleicht an eine Macht verhaftet ist. »Sie sind nur verhaftet, nichts weiter.« (R. 270) Und das wird ihm mitgeteilt, ins Bewußtsein gerufen. Dieses Verhaftetsein-an-Sich, wie es hier zur Darstellung kommt, ist nichts Außergewöhnliches, hindert jedenfalls nicht am Leben, ist vielleicht sogar seine Bedingung, mindestens seine normale Begleiterscheinung, wie es den Anschein macht. Verlobung, so gesehen, wäre nur ein Spezialfall dieser allgemeinsten Verhaftung: das Einem-Menschen-verhaftet-Sein.

Es überrascht uns deshalb nicht, wenn wir in einem Brief Kafkas an seine Braut aus der Silvesternacht 1912–1913 folgenden zynischen Vergleich finden: »In Deinem letzten Brief steht ein Satz, Du schriebst ihn schon einmal, ich wohl auch: ›Wir gehören unbedingt zusammen.‹ Das ist, Liebste, tausendfach wahr, ich hätte z. B. jetzt in den ersten Stunden des neuen Jahres keinen größern und keinen närrischeren Wunsch, als daß wir an den Handgelenken Deiner linken und meiner rechten Hand unlösbar zusammengebunden wären. Ich weiß nicht recht, warum mir das einfällt, vielleicht weil vor mir ein Buch über die Französische Revolution mit Berichten von Zeitgenossen steht und weil es immerhin möglich ist – ohne daß ich es allerdings irgendwo gelesen oder gehört hätte – daß einmal auf solche Weise zusammengebunden ein Paar zum Schafott geführt wurde.« (F. 224)

Wir fühlen uns um so mehr an den Fall F. erinnert, als im zitierten Romanausschnitt auch von der ersten Halbzeit jenes Spieles die Rede ist, das Kafka mit Felice gespielt hat, nämlich: ihr dann, wenn sie weggehen wollte, nachzulaufen und ihr die Verhaftung in Form der Verlobung anzubieten. Tatsächlich bringt denn auch der weitere Verlauf des Romanes die zweite Hälfte des Spiels, die Gegenbewegung, den Versuch der Lösung aus dem Verhaftetsein. K.'s Weg führt ja in der Tat zum Schafott, einer freilich extremen, vielleicht aber zur einzig möglichen Befreiung aus der Verhaftung. Wir werden im Zusammenhang mit K.'s Gespräch mit Titorelli darauf zurückkommen. – »Es wirkt hier eben das Diktat, das alle Schwächlinge beherrscht und das ... auf äußersten Radikalismus drängt«, hatte Kafka einmal an Felice geschrieben (2. September 1913, F. 460).

Auf dem Richtplatz angekommen, auf den K. seine beiden Schergen mehr geführt hat, als sie ihn führten, »begannen die widerlichen

Höflichkeiten, einer reichte über K. hinweg das Messer dem andern, dieser reichte es wieder über K. zurück. K. wußte jetzt genau, daß es seine Pflicht gewesen wäre, das Messer, als es von Hand zu Hand über ihm schwebte, selbst zu fassen und sich einzubohren. Aber er tat es nicht, sondern drehte den noch freien Hals und sah umher. Vollständig konnte er sich nicht bewähren, alle Arbeit den Behörden nicht abnehmen, die Verantwortung für diesen letzten Fehler trug der, der ihm den Rest der dazu nötigen Kraft versagt hatte. (...)

Aber an K.'s Gurgel legten sich die Hände des einen Herrn, während der andere das Messer ihm tief ins Herz stieß und zweimal dort drehte.« (R. 444)

Das erinnert zunächst wieder an die Entlobungsprozedur im Askanischen Hof, die Kafka als »Gerichtshof« schilderte, die eigentlich aber nichts anderes war als das Ergebnis seines endlichen offenen Eingeständnisses seiner Unfähigkeit, mit irgend jemandem sich zu verbinden, also im Grunde Bewährung. Oder auch – das Wort liegt zu nahe, als daß man nicht in Versuchung käme, es auf seine Tauglichkeit zu prüfen – Bewahrung, Selbstbewahrung gegen alles, was nicht er war und was sich jetzt in Felice verdichtet hatte? – Wie K. bewährte er sich nicht ganz. Er hatte zwar den »Behörden« viel Arbeit abgenommen, ihnen sogar die Punkte der Anklage in die Hand gespielt, nun ließ er aber diese Anklage wortlos über sich ergehen, statt sich zu erheben, das Wort zu ergreifen und selbst den entscheidenden erlösenden Stoß – das Urteil – gegen sich zu führen. »Der Rest der dazu nötigen Kraft« fehlte ihm. Dennoch, er hatte andere »in einen Zustand versetzt«, »in dem sie statt seiner die Kraft« fanden, »ihn aus der Verlobung zu erretten« (C. 66), aus der Verhaftung. Konnte er sich auch nicht ganz bewähren, so stehen doch sowohl Entlobung wie Enthaftung unter dem Zeichen der Bewährung, des Erfolges in dem Prozeß, den er gegen sich selbst für sein Selbst geführt hat.

»Wurden von mir Leistungen erwartet?« fragt Kafka fast rührend harmlos zum Schluß seiner Schilderung der Gerichtsszene (T. 292). – K. ist strenger gegen sich: »›Wie ein Hund!‹ sagte er, es war als sollte die Scham ihn überleben.« (R. 444) Das ist der letzte Satz des Romans.

Elias Canetti geht noch weiter im Aufdecken von Parallelen im Fall F. und im Fall K. Es lassen sich im einzelnen auch gewiß noch manche finden[39]. Ich verzichte darauf, weil es mir einzig und allein um die Analogie der Prozesse zu tun ist, die in den beiden Fällen ablaufen.

Nur eines noch: K.'s Verhaftung findet in einem Frauenzimmer statt, nämlich in dem eines gewissen Fräulein Bürstner, das, wenn nicht alles täuscht – Kafka hat ihren Namen im Manuskript meist mit F. B. abgekürzt[40] –, wie früher die Frieda Brandenfeld seine Initialen einem Original entlehnt, das wir hinlänglich kennen: Felice Bauer. Daß auch Züge Grete Blochs, deren Geschlechtsname ja auch mit B beginnt, eingeflossen sind, wie Elias Canetti zu zeigen versucht[41], ist bei der unlösbaren Verquickung der beiden Frauenbeziehungen nicht weiter erstaunlich. – Dasselbe Fräulein Bürstner ist es auch, das am Ende Kafka auf dem Weg zum Richtplatz leitet:

»Da stieg vor ihnen aus einer tiefer gelegenen Gasse auf einer kleinen Treppe Fräulein Bürstner zum Platz empor. Es war nicht ganz sicher, ob sie es war, die Ähnlichkeit war freilich groß. Aber K. lag auch nichts daran, ob es bestimmt Fräulein Bürstner war, bloß die Wertlosigkeit seines Widerstandes kam ihm gleich zum Bewußtsein. Es war nichts Heldenhaftes, wenn er widerstand, wenn er jetzt den Herren Schwierigkeiten bereitete, wenn er jetzt in der Abwehr noch den letzten Schein des Lebens zu genießen versuchte. Er setzte sich in Gang, und von der Freude, die er dadurch den Herren machte, ging noch etwas auf ihn selbst über. Sie duldeten es jetzt, daß er die Wegrichtung bestimmte, und er bestimmte sie nach dem Weg, den das Fräulein vor ihnen nahm, nicht etwa, weil er sie einholen, nicht etwa, weil er sie möglichst lange sehen wollte, sondern nur deshalb, um die Mahnung, die sie für ihn bedeutete, nicht zu vergessen. ›Das einzige, was ich jetzt tun kann‹, sagte er sich, ›... ist, bis zum Ende den ruhig einteilenden Verstand behalten.

(...) Soll ich nun zeigen, daß nicht einmal der einjährige Prozeß mich belehren konnte? Soll ich als ein begriffsstütziger Mensch abgehen? Soll man mir nachsagen dürfen, daß ich am Anfang des Prozesses ihn beenden wollte, und jetzt an seinem Ende, ihn wieder beginnen will? Ich will nicht, daß man das sagt.‹« (R. 441 f.)

Deshalb auch hat Kafka vor seinen Richtern geschwiegen, kein Wort der Verteidigung vorgebracht. Er kommentierte sein Verhalten nachträglich in einem Brief an Felice von Ende Oktober/Anfang November 1914: »Ich sah, daß alles verloren war, ich sah auch, daß ich es noch im letzten Augenblick durch irgendein überraschendes Bekenntnis retten konnte, aber ich hatte kein überraschendes Bekenntnis zu machen.« (F. 617)

Kafka wußte, daß alles verloren war, weil er das Gesetz kannte, das über ihm waltete, und weil er wußte, daß er selber dieses Gesetz war: »Ich kann mit ihr nicht leben und ich kann ohne sie nicht leben.« (B. 122) Als er dies vor Max Brod am 28. September 1913 zugab, indem er noch hinzufügte: »Durch diesen einen Griff ist meine Existenz ... vollständig enthüllt« (B. 122), da war mit dem »ihr« und mit dem »sie« Felice gemeint. Aber Felice war ja für Kafka nur ein Fall, ein Symbol, das all das enthielt, was nicht er war.

»Die Welt – F. ist ihr Repräsentant – und mein Ich zerreißen in unlösbarem Widerstreit meinen Körper.« (H. 132) Damit, indem an Stelle von »F.« »Welt« tritt, wird aus einem persönlichen Fall einer unmöglichen Liebe das allgemeine Gleichnis des unlösbaren Widerspruchs von Ich und dem Nicht-Ich, das wir Welt nennen.

»Auch die ausführlichen Gleichnisse, welche zur Parabel oder Allegorie anwachsen, sind nur die Zurückführung irgendeines Verhältnisses auf seine einfachste, anschaulichste und handgreiflichste Darstellung«, wußte Arthur Schopenhauer[42]. Auf sein Grundmuster, auf sein einfachstes Gesetz, sagen wir in unserer Terminologie und betrachten also den »Prozeß«-Roman als ein Gleichnis, das zur Parabel angewachsen ist, in der das Verhältnis von Ich und Welt auf sein einfachstes Gesetz zurückgeführt wird. Dieses Gesetz lautet – wie wir gesehen haben –, ich wiederhole es in abgeänderter Form: Das Ich kann mit ihr, der Welt, nicht leben und das Ich kann ohne sie, die Welt, nicht leben.

Nehmen wir nur den ersten Satz: Das Ich kann mit der Welt nicht leben, so bliebe dem Ich immer noch die Möglichkeit, ohne die Welt zu leben. Diese Möglichkeit wird ihm aber – eben weil Welt eine conditio sine qua non des Lebens ist – durch den zweiten Satz des Gesetzes, der den ersten, so paradox sein Verhältnis zu ihm scheinen mag, insofern sinnvoll ergänzt, genommen: Das Ich kann ohne die Welt nicht leben. Übrig bleibt: nicht leben. – Machen wir die Probe, indem wir, statt davon auszugehen, was das Ich nicht kann, fragen, was das Ich denn kann, so kommt dabei heraus: Das Ich kann: mit der Welt nicht leben. Der erste Satz. – Das Ich kann: ohne die Welt nicht leben. Der zweite Satz des Gesetzes. – Wieder lauter: nicht leben. Ein Ich, das mit der Welt nicht leben kann, kann nicht leben. Das ist der Inhalt des Gesetzes, das Kafka in sich trägt, unter dem er geboren ist, um, indem er sich lebt, zu sterben. So ist das Paradoxon, das sich hinter seinem Namen zu bergen schien, auf einfachste Weise gelöst.

8. Das Procedere – Der Prozeß

Nun, wenn der Weg K.'s aus seiner Verhaftung, die er nicht erträgt, zu seiner Enthaftung – und Befreiung aus der Verhaftung an die Welt bedeutet Tod –, als der einzig ihm mögliche erkannt und begriffen wird, fällt selbstredend jede Schuldfrage dahin. Wenn wir dem Roman gerecht werden wollen, dürfen wir nicht fragen, was zu K.'s Hinrichtung führt – diese Hinrichtung ist ja die logische Konsequenz des beschriebenen Gesetzes selbst –, sondern wie, auf welche Weise K. das Gesetz zur Erfüllung bringt, das in seiner Verhaftung an die Welt, die ihm eines Tages bewußt gemacht wird und der er von da an entgegenarbeitet, über ihn verhängt war von Anfang an. Das heißt, die Frage des Gesetzes rückt in den Hintergrund – sie ist außerhalb der Handlung des Romanes schon entschieden im Wesen, das als K. in ihn eingeführt wird –, ins Licht rückt jene nach der Erfüllung seines eigenen Gesetzes durch K. oder, einfacher ausgedrückt, die Frage nach seinem Vorgehen in seiner Sache. Wenn der »Prozeß«, als große Parabel genommen und nicht nach jedem einzelnen Wort befragt, überhaupt von einem Gesetz handelt, dann von jenem, das in den Dachkammern beheimatet ist, nämlich in den Dachkammern jenes Gehirnes, in denen fieberhaft auf die Befreiung von einer – leichtsinnig oder notgedrungen – angenommenen Verhaftung hingearbeitet wird.

Auffallend ist zunächst, daß die Anklage gegen K. von ihm selbst erstmals und überhaupt allein ins Spiel gebracht wird. Auf die Frage, von wem er denn angeklagt sei, von welcher Behörde das Verfahren geführt werde (R. 267), bekommt er vom Aufseher, der ihm eben seine Verhaftung klar gemacht hat und damit seine Aufgabe erfüllt zu haben glaubt, lediglich zu hören: »Ich kann Ihnen durchaus nicht sagen, daß Sie angeklagt sind oder vielmehr, ich weiß nicht, ob Sie es sind. Sie sind verhaftet, das ist richtig, mehr weiß ich nicht. Vielleicht haben die Wächter etwas anderes geschwätzt, dann ist es eben nur Geschwätz gewesen.« (R. 268)

Damit ist die Anklage von seiten des Gerichts schon abgetan. Man kann zwar auch nicht von einer Selbstanklage K.'s sprechen, aber man kann sagen, er sei es, der auf die Möglichkeit seiner Anklage hinweist. Nicht der Aufseher und nicht die ihm zugehörigen Wächter. – Übrigens: Aufseher und Wächter. Ein Aufseher ist einer, der nach dem Rechten sieht, Wächter wachen, wenn die andern schlafen. Wären sie etwa K.'s eigene Wächter, seine eigenen Aufpasser? – Ich will gar nicht von Gewissen oder innerer Stimme reden, allfällige Allegorien des Romans sind für uns unwichtig; wesentlich für sein Grundmuster sind nur die Funktionen, die sie erfüllen. – Wir hatten Grund, an der »Wirklichkeit« der Verhaftung zu zweifeln. Könnte nicht die Mitteilung der Verhaftung statt einer Drohung eine Warnung sein?

Eine Warnung, die K. zu Gegenmaßnahmen veranlaßt, wie sie etwa in den ständigen Provokationen des Gerichts zu sehen sind, das seinen Fall von sich aus kaum zu behandeln scheint, auch in den ständigen Tändeleien mit den den Richtern und Advokaten zugehörigen Frauen vor deren Augen.

Es ist niemand anders als K. selbst, der seinen Prozeß vorantreibt, der ihn sogar selber in die Hand nehmen will, als das Gericht zu langsam für ihn arbeitet, der alles in allem seine Verurteilung geradezu herausfordert. Weil, wie ihm im Gespräch mit dem Maler Titorelli klar wird, sie die einzige Möglichkeit einer wirklichen Befreiung ist. Bisher hat er darauf gedrängt, freigesprochen zu werden. Jetzt muß er erkennen, daß durch Freispruch keine bleibende Lösung der Verhaftung zu erreichen ist. Grundsätzlich gäbe es zwar »drei Möglichkeiten, nämlich die wirkliche Freisprechung, die scheinbare Freisprechung und die Verschleppung« (R. 382). Aber, »endgültig freizusprechen, dieses Recht hat nur das oberste, für Sie, für mich und für uns alle ganz unerreichbare Gericht« (R. 387). Die erste der drei Möglichkeiten, die wirkliche Freisprechung, scheint also dahinzufallen. – Bleiben die scheinbare Freisprechung und die Verschleppung.

»›Beide Methoden haben das Gemeinsame, daß sie eine Verurteilung des Angeklagten verhindern‹«, sagt Titorelli von ihnen. – »›Sie verhindern aber auch die wirkliche Freisprechung‹, sagte K. leise, als schäme er sich, das erkannt zu haben. ›Sie haben den Kern der Sache erfaßt‹, sagte der Maler schnell.« (R. 390) Den Kern der Sache, die Befreiung aus dem Verhaftetsein heißt, den Kern, der also ist: Da Verhinderung der Verurteilung gleichbedeutend ist mit Verhinderung des Freispruchs, bleibt dem Verhafteten, um der Verhaftung ein Ende zu machen, nichts anderes übrig, als sich verurteilen zu lassen.

Diese Einsicht ging Kafka so sehr in Fleisch und Blut über, daß er sogar in ihren Strukturen zu träumen begann. Ich zitiere nur die für uns entscheidenden Stellen aus einem Traum, den er unter dem Datum des 20. Oktober 1921 im Tagebuch darstellt: »... die Strafe, die Auflösung, die Erlösung kommt von der Ferne her näher ... (...) Das Glück bestand darin, daß die Strafe kam und ich sie so frei, überzeugt und glücklich willkommen hieß, ein Anblick, der die Götter rühren mußte ...« (T. 393)

Die Verurteilung ist in Wahrheit die wirkliche Freisprechung, bei der »die Prozeßakten vollständig abgelegt werden, sie verschwinden gänzlich aus dem Verfahren, nicht nur die Anklage, auch der Prozeß und sogar der Freispruch sind vernichtet, alles ist vernichtet« (R. 387). – Sie trägt also schon die Züge der Hinrichtung selbst, des Todes, den wir als einzig möglichen Fluchtpunkt Josefs K.'s auf dem Weg, seinem Gesetz entrinnend es zu erfüllen, voraussahen.

Auf welche Weise allerdings K. nach seiner Einsicht in die Notwendigkeit des Urteils dieses nun erzwingt, ist aus dem Roman nicht mehr ersichtlich – er ist fragmentarisch und wirkt auf das Ende hin gedrängt –, daß er aber offenbar mit Ungeduld darauf wartet, deutet der Trost an, den der Geistliche im vorletzten Kapitel ihm zuspricht:

»Du mißverstehst die Tatsachen«, sagte der Geistliche, »das Urteil kommt nicht mit einemmal, das Verfahren geht allmählich ins Urteil über.« (R. 431)

Und das Urteil in seinen Vollzug. – Prozeß ist eine Lebensform des Menschen: das Leben zum Tod.

Man kann mit Recht von vielen Erzählungen Kafkas annehmen, sie seien aus innerer Notwendigkeit – weil nämlich ihr Fluchtpunkt im Unendlichen liegt – Fragment. Kann man es aber gerade vom »Prozeß«-Roman behaupten, dessen letztes Kapitel ja gültig ausgeführt scheint, dessen Fluchtpunkt offensichtlich innerhalb des Erzählten liegt? Macht man es sich nicht etwas zu leicht, wenn man das Unvollendetsein einfach mit dem Fragment als neuer literarischer Gattung abtut, ohne sich bei der Interpretation um seine möglichen Gründe zu kümmern? – Möglich ist es doch immerhin, daß Kafka sein Werk in einem noch lückenhaften, unabgerundeten Zustand hinterlassen mußte, weil er im Laufe der fortschreitenden Ineinanderfügung der einzelnen Kapitel – er schrieb ja nicht chronologisch – seiner inneren unüberwindbaren Unstimmigkeit auf die Schliche kam, die ich in einer grundsätzlichen Unvereinbarkeit der Parabel, die der »Prozeß« als Ganzes, mit der Parabel, die scheinbar sein Kernstück ist, zu sehen meine.

Nicht so, daß im Gleichnis vom Türhüter die Paradoxie des »Prozeß« keinen Raum hätte, sondern im Gegenteil so, daß sie in ihm schon aufgehoben ist, das heißt als Einheit erscheint. Und eben dadurch, daß die Paradoxie des »Prozeß«, die sofort zu behandeln sein wird, in seinem Zentrum um eine Dimension erweitert und damit nicht mehr paradox erscheint, löst sich das Gleichnis selbst aus dem Zusammenhang des Romans heraus, indem es sich über ihn stellt. Je länger man sich mit Kafka beschäftigt, desto klarer wird einem, daß die Türhüterparabel nicht in den Bereich des »Prozeß« gehört, sondern den Dimensionen des »Schloß«-Romans entspricht, dessen erster Entwurf »Verlockung im Dorf« ja tatsächlich auch schon vor die Entstehungszeit des früher ausgeführten Romanes, auf den Juni 1914, zurückweist[43]. Kafka selbst hatte im übrigen keine Bedenken, das Gleichnis unabhängig vom Roman unter dem Titel »Vor dem Gesetz« im Erzählungsband »Ein Landarzt« zu veröffentlichen, wo es – vielleicht nicht zufällig – in die Nachbarschaft der Erzählung »Eine kaiserliche

Botschaft« rückt, mit der zusammen ich es auch im Rahmen der »Schloß«-Interpretation besprechen will[44].

Man hat den »Prozeß« metaphysisch interpretiert, etwa als Bild des unschuldig schuldig werdenden Menschen seinem unbekannten Richter gegenüber. Ich glaube, man kann ihn genausogut als psychologischen Roman behandeln, als Darstellung einer Methode, eines Vorganges der Selbstwerdung durch Selbstbefreiung von einer Welt, mit der man nicht leben kann. Dazu allerdings muß man K. mehr Macht einräumen, muß ihm eigene Subjektivität zugestehen, die nur insofern sich überhaupt mit der scheinbar entrückten Objektivität eines unbekannten Geschicks, dem sie gegenübersteht, auseinandersetzen kann.

Metaphysisch gesehen ist der Prozeß das absolute Gesetz, das über den einzelnen verhängt ist und das dessen persönliches Gesetz umfaßt, nur in diesem überhaupt sichtbar wird. Der Prozeß ist dann weiter dieses sein Sichtbarwerden selbst, der Vorgang, der Ablauf, der Vollzug, das Dynamischwerden des Gesetzes in seiner Realisation, zu der es sich des Vorgehens eines Ich bedient, das K. heißt.

Und eben hier, wo das Ich zum aktiven Vollstrecker des über es verhängten Gesetzes wird, schlägt der metaphysische Blickwinkel um in einen psychologischen: Der Prozeß ist dann das Vorgehen des sein Gesetz erkennenden und damit erfüllenden Ich beim immer bewußteren Vollzug des über es verhängten, in sich erkannten Gesetzes, auf dem Weg zu seinem Selbst in der Vereinigung von absolutem und persönlichem Gesetz, von Schicksal und freiem Willen. Das Objekt Ich wird Subjekt, nimmt die Zügel in die Hand, macht das abstrakte Gesetz, das es immer schon war, indem es dies erkennt, zum persönlichen. Es lebend, wird das Ich durch freie Wahl zu dem, was es zu sein bestimmt ist.

Damit haben wir das Paradoxon Kafka, das wir leicht zu lösen meinten, eine Ebene höher wieder hergestellt im Paradoxon K. Im

Türhütergleichnis beseitigt es sich, wie wir sehen werden, von höchster Warte aus endgültig, aber eben darin, daß dieses Gleichnis die beiden im Romantitel gleichwertig enthaltenen Bedeutungen – Prozeß und Procedere – als letzte Einheit statuiert, übersteigt es den Rahmen des Romans, in dem sich die beiden Erscheinungsformen von »Prozeß« – als Verhängnis und Wille – noch unversöhnt und fremd gegenüberstehen, in dem sie noch nicht sich als eins verstehen.

K.'s Bewährung ist denn auch keine vollkommene. Wir erinnern uns: »K. wußte jetzt genau, daß es seine Pflicht gewesen wäre, das Messer, als es von Hand zu Hand über ihm schwebte, selbst zu fassen und sich einzubohren. Aber er tat es nicht, sondern drehte den noch freien Hals und sah umher. Vollständig konnte er sich nicht bewähren ...« (R. 444)

Und das, obwohl er sich auf dem Weg zum Richtplatz noch vorgenommen hat: »Soll ich nun zeigen, daß nicht einmal der einjährige Prozeß mich belehren konnte? Soll ich als ein begriffsstütziger Mensch abgehen? Soll man mir nachsagen dürfen, daß ich am Anfang des Prozesses ihn beenden wollte, und jetzt an seinem Ende, ihn wieder beginnen will? Ich will nicht, daß man das sagt.« (R. 442)

Dennoch muß man es sagen, wenn man daran denkt, daß Kafka drei Jahre später, Anfang Juli 1917, sich zum zweiten Mal mit Felice verlobte. –

»Ich habe«, schreibt er schon am 15. Oktober 1914, kurz nach dem Ende der jämmerlichen ersten Episode, ins Tagebuch, »... von F. geträumt wie von einer Toten, die niemals wieder leben könnte, und jetzt, da ich eine Möglichkeit, an sie heranzukommen, dargeboten bekomme, ist sie wieder der Mittelpunkt des Ganzen.« (T. 314 f.)

Natürlich ging es wieder schief. Das Gesetz bestätigte sich. Wieder riß die Angst am Ende alle Macht an sich. Nur etwas war anders: Die Scham, die ihn beim erstenmal überleben sollte[45], drückte ihm diesmal das Messer in die eigene Hand.

»Es war so, daß das Gehirn die ihm auferlegten Sorgen und Schmerzen nicht mehr ertragen konnte. Es sagte: ›ich gebe es auf; ist hier aber noch jemand, dem an der Erhaltung des Ganzen etwas liegt, dann möge er mir etwas von meiner Last abnehmen und es wird noch ein Weilchen gehn.‹ Da meldete sich die Lunge, viel zu verlieren hatte sie ja wohl nicht. Diese Verhandlungen zwischen Gehirn und Lunge, die ohne mein Wissen vor sich gingen, mögen schrecklich gewesen sein.« (M. 8)

In der Nacht vom 9. auf den 10. August 1917 floß das erste Blut. Diese Hinrichtung nahm Kafka selbst vor. Unendlich langsam.

So langsam, daß er, mit der Todeswunde in der Brust, ein drittes Mal sich zu einem Heiratsversuch aufraffte.

»Das ganze war ein Wettrennen zwischen den äußeren Tatsachen und meiner inneren Schwäche«, erklärt Kafka nachträglich der Schwester seiner Braut Julie Wohryzek am 24. November 1919 das erneute Scheitern. »Es gab verschiedene Phasen, zuerst eine Verzögerung der ärztlichen Untersuchung ... – das war schlecht; dann den nicht allzulange dauernden Widerstand meines Vaters – das war gut auch deshalb, weil es zerstreute und die Gedanken von den eigentlichen Gefahren ablockerte; dann kam die Möglichkeit einer erträglichen sofortigen Wohnung – das war nun schon ausgerechnet, eine kleine eilige Woche, das Aufgebot war gesichert, wir wären verheiratet gewesen. Aber Freitag zeigte sich dann daß wir, da die Wohnung uns entwischt war, Sonntag doch nicht heiraten konnten. Ich will damit nicht sagen, daß das ein Unglück war, vielleicht wäre dann ein desto ärgerer Zusammenbruch gekommen und hätte dann schon ein Ehepaar begraben ...

Das war damals der Wendepunkt, nachher war es nicht mehr aufzuhalten, die Frist, welche mir für diesmal gegeben war, war abgelaufen, was bisher von der Ferne gewarnt hatte, donnerte mir jetzt wirklich Tag und Nacht ins Ohr; ...« (S. 40 f.)

Auch wenn der Grundton dieser Zeilen ein »Beinahe« zu sein

scheint, so dürfen wir uns dadurch nicht täuschen lassen. Schon am 6. Juli 1919 hatte Kafka, wohl in bezug auf Julie, die er im November 1918 in Schelesen kennenlernte und mit der er sich im Sommer 1919 verlobte[46], seinem Tagebuch anvertraut: »Immerfort der gleiche Gedanke, das Verlangen, die Angst.« (T. 387)

Kafka wußte nur allzu gut: »... ich war doch nur wie einer der wund ist und solange er nirgends anstößt, leidlich lebt, aber bei der ersten richtig treffenden Berührung in die schlimmsten ersten Schmerzen zurückgeworfen wird und zwar nicht so, als ob die alten Erlebnisse wieder lebendig würden, nein, die sind und bleiben vergangen, aber es ist das Formelle der Schmerzen übriggeblieben, förmlich ein alter Wundkanal und in diesem fährt jeder neue Schmerz gleich auf und ab, schrecklich wie am ersten Tag ...« (S. 36)

B – Der Weg zum Gesetz

1. Bewußtwerdung als Prozeß des Gesetzes

Als Milena als nächste Frau 1920 in Kafkas Leben eintrat, hatte sich nun doch etwas Entscheidendes geändert: Kafka hatte begonnen, aus seinen Erfahrungen zu lernen. Mit Milena ließ er es nicht mehr bis zur Katastrophe kommen. Bewußt wehrte er sie ab, solange es noch Zeit war. In einem späten Brief an sie (die Briefe sind alle zwischen 1920 und 1923 verfaßt worden, lassen sich aber nicht mehr genauer datieren[47]) nimmt er zum Vorgefallenen Stellung:

»Du hast recht, wenn Du das, was ich jetzt getan habe, in eine Reihe stellst mit den alten Dingen, ich kann doch nur immer der gleiche sein und das gleiche erleben. Anders ist nur, daß ich schon Erfahrung habe, daß ich mit dem Schreien nicht erst warte, bis man die Schrauben zur Erzwingung des Geständnisses ansetzt, sondern schon zu schreien anfange, wenn man sie heranbringt, ja schon schreie, wenn sich in der Ferne etwas rührt, so überwach ist mein Gewissen geworden, nein, nicht überwach, noch lange nicht wach genug.« (M. 173)

Immer der gleiche sein, immer das gleiche erleben, immer die gleiche Stufe nicht nehmen, immer unter dem gleichen Gesetz stehen; so klar war Kafkas Bewußtsein von sich selbst inzwischen, daß er wußte, daß er sich nie werde entrinnen können, solange er lebte. Längst hatte er das Gesetz, das er war, anerkannt, jetzt war er auf dem Weg, es zu erkennen.

So offen war seine Wunde schon, daß sie unter der fernsten Berührung zusammenzuckte, bevor sie ihm geschah. Das war, obwohl er nur immer der gleiche sein konnte, anders geworden. – »Aber noch etwas ist anders«, fährt er im Brief an Milena fort: »Dir kann man seinet- und Deinetwegen die Wahrheit sagen, wie niemandem sonst, ja man kann seine Wahrheit von Dir geraden Wegs erfahren.« (M. 173)

Es ist wahr. Milena war wohl der einzige Mensch im Umkreis Kafkas, der das Wesen seines Wundseins, seine Angst verstand. Das ist aus den wenigen von ihr erhalten gebliebenen Briefen unmittelbar zu spüren, die überdies in ihrer schonungslosen – schonungslos der Verfasserin selbst gegenüber – Ehrlichkeit ein überaus scharfes und warmes Licht zugleich auf Kafkas wohl leidenschaftlichste Beziehung werfen.

Milena wurde am 10. August 1896 geboren[48], war also erst 24 Jahre alt, als sie Kafka in ihrer Funktion als Übersetzerin seiner Erzählungen ins Tschechische kennenlernte. Und ausgerechnet diese junge Frau verstand, was sonst keiner verstand, nicht einmal der, an den die folgenden Zeilen adressiert sind und der sich Kafkas Freund nannte: Max Brod. Kafka wußte es immer: »Ich bin Max unklar und wo ich ihm klar bin, irrt er sich.« (Brief an Felice vom 20. April 1914, F. 559) – Wenn nicht alles täuscht, ist auch das bitterböse Porträt des »Baßgeigers« aus dem Tagebuch auf diesen »Freund« gemünzt:

»Ein Freund? Suche ich mir gegenwärtig zu machen, was er besitzt, so bleibt, bei günstigstem Urteil allerdings nur, seine meiner Stimme gegenüber etwas tiefere Stimme. Rufe ich ›Gerettet‹, ich meine, wäre ich Robinson und riefe ›Gerettet‹, wiederholte er es mit seiner tiefern Stimme. Wäre ich Korach und riefe ›Verloren‹, wäre er gleich mit seiner tiefern Stimme dabei, es zu wiederholen. Es ermüdet allmählich, immer diesen Baßgeiger mit sich zu führen. Dabei ist er selbst gar nicht munter bei der Sache, er wiederholt nur, weil er es muß und nichts anderes kann. Manchmal während eines Urlaubs, wenn ich einmal Zeit habe, diesen persönlichen Dingen mich zuzuwenden, berate ich mit ihm, in der Gartenlaube etwa, wie ich mich von ihm befreien könnte.« (T. 30. Juli 1917, 372)

In seinem letzten Brief an Felice vom 16. Oktober 1917, in dem er jedenfalls Brods Vorwurf, er, Kafka, sei in seinem Unglück glücklich, mit dem umgekehrten Vorwurf der zu oberflächlichen und allgemeinen Betrachtungsweise zurückweist, erklärt er: »Seine Feststellung des ›im Unglück Glücklichseins‹ geht ... über mich hinaus und ist eine Art zeitgenössischer Kritik. (...) ›Im Unglück Glücklich-sein‹, was ja gleichzeitig bedeutet ›Im Glück Unglücklich-sein‹, ... war vielleicht der Spruch, mit dem Kain das Zeichen aufgedrückt worden ist. Es bedeutet den Verlust des Gleichschrittes mit der Welt, es bedeutet, daß der, welcher das Zeichen trägt, die Welt zerschlagen hat und, unfähig sie wieder lebend aufzurichten, durch ihre Trümmer gejagt wird. Unglücklich ist er allerdings nicht, denn Unglück ist eine Angelegenheit des Lebens und dieses hat er beseitigt, aber er sieht es mit überhellen Augen, was in dieser Sphäre etwas ähnliches wie Unglück bedeutet.« (F. 758)

»Verlust des Gleichschrittes mit der Welt.« – Was der Freund nicht erkannte, die junge Freundin verstand es. Sie vermochte Kafkas Eigenart wohl von der Zeit zu scheiden, deren Genosse er war. Ihre Briefe[49] ahnen oder wissen so viel von jener wirklichen Einsamkeit dessen, dem man sich nicht nähern kann, ohne ihm vorher zu schaden, daß sie auch ein Licht auf die unglaubliche seelische Tiefe dieser jungen vitalen Frau selbst zurückwerfen.

»Die Du Dein Leben bis in solche Tiefen lebendig lebst«, spricht sie Kafka selbst einmal staunend an. (M. 82) – Ich zitiere die wesentlichen Partien ihrer Briefe an Max Brod:

»Sie sagen, wie es komme, daß sich Frank (so nannte sie ihn) vor der Liebe fürchtet und vor dem Leben nicht fürchtet? Aber ich denke, daß es anders ist. Für ihn ist das Leben etwas gänzlich anderes als für alle andern Menschen, vor allem sind für ihn das Geld, die Börse, die Devisenzentrale, eine Schreibmaschine völlig mystische Dinge (und sie sind es ja in der Tat, nur für uns andere nicht), sie sind für ihn die seltsamsten Rätsel, zu denen er durchaus nicht so steht wie wir –. (...) Seine Beengtheit dem Geld gegenüber ist fast die gleiche wie die der

Frau gegenüber. (...) Ach nein, diese ganze Welt ist und bleibt ihm rätselhaft. Ein mystisches Geheimnis. Etwas, was er nicht zu leisten vermag ... (...) Das alles ist für ihn etwas Fremdes. (...)

Gewiß steht die Sache so, daß wir alle dem Augenschein nach fähig sind zu leben, weil wir irgendeinmal zur Lüge geflohen sind, zur Blindheit, zur Begeisterung, zum Optimismus, zu einer Überzeugung, zum Pessimismus oder zu sonst etwas. Aber er ist nie in ein schützendes Asyl geflohen, in keines. Er ist absolut unfähig zu lügen, so wie er unfähig ist, sich zu betrinken. Er ist ohne die geringste Zuflucht, ohne Obdach. Darum ist er allem ausgesetzt, wovor wir geschützt sind. Er ist wie ein Nackter unter Angekleideten. Es ist das alles nicht einmal Wahrheit, was er sagt, was er ist und lebt. Es ist solch ein determiniertes Sein an und für sich, von allen Zutaten entledigt, die ihm helfen könnten, das Leben zu verzeichnen – in Schönheit oder in Elend, einerlei. Und seine Askese ist durchaus unheroisch – hierdurch allerdings um so größer und höher. Jeder ›Heroismus‹ ist Lüge und Feigheit. Das ist kein Mensch, der sich seine Askese als Mittel zu einem Ziel konstruiert, das ist ein Mensch, der durch seine schreckliche Hellsichtigkeit, Reinheit und Unfähigkeit zum Kompromiß zur Askese gezwungen ist.« (FK. 278 ff.)

»Determiniertes Sein an und für sich.« – Ich wüßte nicht, wo die Einsamkeit dessen, der von sich sagen konnte: »Ich bin einsam – wie Franz Kafka« (J. 104), besser charakterisiert wäre als in den Worten dieser jungen Frau, die ihm so gerne geholfen hätte, es freilich auch nicht schaffte, ohne ihm vorher zu schaden, und die deshalb, nachdem sie Kafkas Zeilen: »Nicht schreiben und verhindern, daß wir zusammenkommen, nur diese Bitte erfülle mir im stillen, sie allein kann mir irgendein Weiterleben ermöglichen, alles andere zerstört weiter«, erhalten hatte, schuldig fühlte:

»Ich will wissen, ob es mit mir so steht, daß auch unter mir Frank leidet und gelitten hat wie unter jeder andern Frau, so daß seine

Krankheit ärger wurde, so daß er auch vor mir in seine Angst fliehen mußte und so daß auch ich jetzt verschwinden muß, ob ich schuld daran bin oder ob es eine Konsequenz seines eigenen Wesens ist.« (FK. 284)

Im nächsten Brief macht sie sich Vorwürfe: »Wenn es wahr ist, daß die Menschen auf der Erde eine Aufgabe zu erfüllen haben, so habe ich diese Aufgabe neben ihm sehr schlecht erfüllt. Wie könnte ich so unbescheiden sein und ihm schaden, wenn ich ihm nicht zu helfen vermocht habe?« (FK. 285)

Und dann spricht sie von Kafkas Angst:

»Was seine Angst ist, das weiß ich bis in den letzten Nerv. Sie existierte auch schon immer vor mir, solange er mich nicht kannte. Ich habe seine Angst eher gekannt, als ich ihn gekannt habe. Ich habe mich gegen sie gepanzert, indem ich sie begriffen habe. In den vier Tagen, in denen Frank neben mir war, hat er sie verloren. Wir haben über sie gelacht. Ich weiß gewiß, daß es keinem Sanatorium gelingen wird, ihn zu heilen. Er wird nie gesund werden, Max, solange er diese Angst haben wird. Und keine psychische Stärkung kann diese Angst überwinden, denn die Angst verhindert die Stärkung. Diese Angst bezieht sich nicht nur auf mich, sondern auf alles, was schamlos lebt, auch beispielsweise auf das Fleisch. Das Fleisch ist zu enthüllt, er erträgt nicht, es zu sehen. Das also habe ich damals zu beseitigen vermocht. Wenn er diese Angst spürte, hat er mir in die Augen gesehen, wir haben eine Weile gewartet, so als ob wir keinen Atem bekommen könnten oder als ob uns die Füße wehtäten, und nach einer Weile ist es vergangen. Es war nicht die geringste Anstrengung nötig, alles war einfach und klar, ich habe ihn über die Hügel hinter Wien geschleppt, ich bin vorausgelaufen, da er langsam gegangen ist, er ist hinter mir hergestampft, und wenn ich die Augen schließe, sehe ich noch sein weißes Hemd und den abgebrannten Hals und wie er sich anstrengt. Er ist den ganzen Tag gelaufen, hinauf, hinunter, er ist in die Sonne

gegangen, nicht ein einziges Mal hat er gehustet, er hat schrecklich viel gegessen und wie ein Dudelsack geschlafen, er war einfach gesund, und seine Krankheit war uns in diesen Tagen etwas wie eine kleine Erkältung. Wäre ich damals mit ihm nach Prag gefahren, so wäre ich ihm die geblieben, die ich ihm war. Aber ich war mit beiden Füßen unendlich fest mit dieser Erde hier zusammengewachsen, ich war nicht imstande meinen Mann zu verlassen und vielleicht war ich zu sehr Weib, um die Kraft zu haben, mich diesem Leben zu unterwerfen, von dem ich wußte, daß es strengste Askese bedeuten würde, auf Lebenszeit. In mir aber ist eine unbezwingbare Sehnsucht, ja eine rasende Sehnsucht nach einem ganz anderen Leben ..., nach Leben mit einem Kinde, nach einem Leben, das der Erde sehr nahe wäre. Und das hat also wohl in mir über alles andere gesiegt, über die Liebe, über die Liebe zum Flug, über die Bewunderung und nochmals die Liebe. (...) Und dann war es eben schon zu spät. Dann ist dieser Kampf in mir zu deutlich sichtbar geworden und das hat ihn erschreckt. Gerade das ist es ja, wogegen er sein ganzes Leben lang ankämpft, von der andern Seite her. Bei mir hat er ausruhen können. Aber dann hat es begonnen, ihn auch bei mir zu verfolgen. Gegen meinen Willen. Ich habe ganz gut gewußt, daß etwas geschehen ist, was nicht mehr beseitigt werden kann. Ich war zu schwach, als daß ich das hätte tun und erfüllen können, wovon ich gewußt habe, daß es einzig und allein ihm geholfen hätte. Es ist dies meine Schuld. (...) Das was man auf Franks Nicht-Normalität schiebt, gerade das ist sein Vorzug. Die Frauen, die mit ihm zusammengekommen sind, waren gewöhnliche Frauen und haben nicht anders zu leben gewußt als eben Frauen. Ich glaube eher, daß wir alle, die ganze Welt und alle Menschen krank sind und er der einzige Gesunde und richtig Auffassende und richtig Fühlende und der einzige reine Mensch. Ich weiß, daß er sich nicht gegen das Leben wehrt, sondern nur gegen diese Art von Leben da wehrt er sich. Hätte ich es zustande gebracht, mit ihm zu gehen, so hätte er mit mir glücklich leben können. Aber das weiß ich erst heute, all dies. Damals war ich ein gewöhnliches Weib wie alle Weiber auf der Welt, ein kleines, triebhaftes Weibchen. Und daraus ist seine Angst entstanden. Sie war richtig. (...) Diese seine Angst war richtig. (...) Daß er mich liebt, weiß ich. Er ist zu gut und schamhaft, als daß er aufhören könnte, mich zu lieben. Er würde das als eine Schuld ansehen. Er hält ja immer sich für den, der schuldig ist und der schwach ist. Und dabei gibt es auf der ganzen Welt keinen zweiten Menschen, der seine ungeheure Kraft hätte: diese absolut unumstößliche Notwendigkeit zur Vollkommenheit hin, zur Reinheit und zur Wahrheit. So ist es. Bis zum letzten Blutstropfen weiß ich, daß es so ist.« (FK. 285 ff.)

Wir würden ihr auch Glauben schenken, wenn sie es nicht mit ihrem Blut bezeugen wollte. Ich habe diesen Brief fast vollständig zitiert, nicht nur, weil er eine sehr dichte Beschreibung dieser Beziehung enthält, sondern weil ich – außer Kafkas eigenen Worten – nichts wüßte, was ein präziseres und gleichzeitig lebendigeres, wärmeres, tiefer von innen heraus empfundenes Bild dieses Asketen aus Not gäbe. Neben unsere Bewunderung für die Größe und Einsicht dieser so ganz anderen, so viel erdhafteren Frau schleicht sich eine leise Trauer: nicht einmal sie ...

Das Wissen um das Wesen der Angst, die unüberwindlich ist, weil sie selbst ihre Überwindung verhindert, um die Krankheit, das Wundsein von innen her, das eigentlich in dieser »Art von Leben da« Gesundsein ist, vor allem aber das Wissen um die Richtigkeit der Angst, das ist mehr, als man von außen erlangen könnte. Fast scheint es, Milena habe Kafkas Angst »bis in den letzten Nerv« erfahren, weil es auch ihre Angst war; nur daß sie nicht die Kraft aufbrachte – oder die Schwäche, je nach dem Standpunkt, den wir bereit sind einzunehmen –, deswegen nicht zu leben. Sicher mag sich ihrem Blick durch die Augen der Liebe manches aufgeschlossen haben, was dem Blick von außen verborgen geblieben wäre, aber die innere Verwandtschaft scheint sogar eine objektive gewesen zu sein und bis in die Sprache hinein gewirkt zu haben. Jedenfalls, wenn man nicht genau wüßte, daß die Bildlichkeit z. B. der folgenden Passagen die ihre ist, könnte man sie leicht für Kafkas eigene halten:

»Ich renne durch die Gassen, sitze ganze Nächte lang am Fenster, manchmal hüpfen mir die Gedanken wie die kleinen Funken beim Messerschleifen, und das Herz hängt mir wie an einem Angelhaken, wissen Sie, an einem ganz dünnen Häkchen, und das reißt so, mit solch einem ganz dünnen, entsetzlich scharfen Schmerz.« (FK. 288) – »Verzeihen Sie mir die ›Analysen‹ Franks, es ist schändlich und ich schäme mich, daß ich mir das erlaubt habe, aber es ist mir manchmal, als müßte ich mein Gehirn mit den Handflächen zusammenpressen, damit es nicht zerspringt.« (FK. 291)

Mag diese Verwandtschaft nun »real« sein oder mag sie sich in der Verbindung der Liebe erst hergestellt haben, was ist der Unterschied? Mit dem sicheren Instinkt dieser ihrer ursprünglichen, erdnahen Liebe begriff Milena jedenfalls und sprach es auch aus, was außer ihr niemand – wenn es überhaupt sonst jemand wußte – auszusprechen wagte. Wir haben es schon gehört:

»Er wird nie gesund werden ..., solange er diese Angst haben wird. Und keine psychische Stärkung kann diese Angst überwinden, denn die Angst verhindert die Stärkung. Diese Angst bezieht sich ..., ... auf alles, was schamlos lebt ...« (FK. 285 f.)

Wobei die Betonung sicherlich auf dem »lebt« liegt und weniger auf der Art dieses Lebens. Und was in diesem unüberwindbaren Zirkel der Angst schon impliziert ist, Milena nimmt es sogar in den Mund:

»Aber Frank kann nicht leben. Frank hat nicht die Fähigkeit zu leben. Frank wird nie gesund werden. Frank wird bald sterben.« (FK. 281)

Nichts anderes, als was Kafka spätestens seit dem 1. Oktober 1917 wußte, als er in seinem zweitletzten Brief an Felice schrieb: »... ich werde nicht mehr gesund werden. Eben weil es keine Tuberkulose ist, die man in den Liegestuhl legt und gesund pflegt, sondern eine Waffe, deren äußerste Notwendigkeit bleibt, solange ich am Leben bleibe. Und beide können nicht am Leben bleiben.« (F. 757)

Die Waffe, deren äußerste Notwendigkeit bleibt, solange das Leben bleibt, ist nichts anderes als Kafkas Angst, von deren Richtigkeit Milena wußte. –

Kafka muß gespürt haben, wie sehr ihn diese Frau, so wie er war, liebte und wie nahe sie ihm, so wie er war, stand; er teilte ihr alles mit, was ein Mensch überhaupt einem andern Menschen über sich mitteilen kann. Wohl führte er in einer Tagebucheintragung vom 15. Oktober 1921 die Gründe an, die es ihm überflüssig erscheinen ließen, über Milena – wie er es früher noch getan hätte – sozusagen Buch zu führen, um so intensiver war aber die Beziehung selber: »..., ich brauche mir solche Dinge nicht mehr umständlich bewußt zu machen, wie früher einmal, ich bin in dieser Hinsicht nicht so vergeßlich wie früher, ich bin ein lebendig gewordenes Gedächtnis, ...« (T. 390)

Und eben weil Kafka nun im Verkehr mit Milena dieses Gedächtnis ständig auffrischt, weil ihm an seinem Verhältnis zu ihr sein Verhältnis zu Menschen überhaupt und zur Welt immer klarer wird, weil er von ihr »seine Wahrheit erfahren« kann, deshalb leistet uns dieser späte Briefwechsel, neben den Tagebüchern und Oktavheften natürlich, die größten Dienste, wenn wir nun darangehen, die Bewußtwerdung jenes Gesetzes zu verfolgen, das wir im letzten Kapitel beschrieben haben: den Weg zum Gesetz. Selbst ein Mensch, der wie Kafka ein Leben lang vor derselben ersten Stufe steht, geht einen Weg, hat seine Entwicklung im Bewußtwerden seiner Situation. Diese Bewußtwerdung bedeutet nun zwar nicht das Nehmen der Stufe selbst, aber gleichsam das Errichten einer zweiten Treppe daneben, einer Art Tribüne, von deren immer höherem Bau aus nun der einsame Kampf, den man tief unten mit seiner Stufe führt, immer besser beobachtet und in seiner Gesetzmäßigkeit schließlich erkannt werden kann. Und das Erkennen eines Gesetzes, unter dem man steht, bedeutet gleichzeitig das Voranschreiten dieses Gesetzes selbst.

»Solche Gesetze, die man selbst auffindet, sind natürlich an sich ganz bedeutungslos«, sagt Kafka in solchem Zusammenhang, »aber doch nicht ohne Bedeutung für die Charakterisierung dessen, der sie findet, besonders da sie ihn, wenn sie einmal gefunden sind, mit einer Art wirklicher Körperlichkeit beherrschen.« (Brief an Grete Bloch vom 8. Mai 1914, F. 572)

Bisher ging es um den Kampf selbst, um die konkrete Erscheinungsform der Wunde, um ihre Entzündung, nun soll es, eine Ebene höher, um ihre Tiefe gehen, die Kafka Rechtfertigung nennt, eben um die innere Strategie des Kampfes. – Einmal schrieb Kafka über seine Angst: »..., ihre inneren Gesetze kenne ich nicht, nur ihre Hand an meiner Gurgel kenne ich und das ist wirklich das Schrecklichste, was ich jemals erlebt habe oder erleben könnte.« (M. 86)

Mir ist, wir hätten bisher erst von der Hand an Kafkas Gurgel gesprochen, und wüßten noch gar nicht, wem sie eigentlich gehört.

2. Das Wesen Angst

»Ich war der Figur gegenüber wehrlos, ruhig saß sie beim Tisch und blickte auf die Tischplatte. Ich ging im Kreis um sie herum und fühlte mich von ihr gewürgt. Um mich ging ein dritter herum und fühlte sich von mir gewürgt. Um den dritten ging ein vierter herum und fühlte sich von ihm gewürgt. Und so setzte es sich fort bis zu den Bewegungen der Gestirne und darüber hinaus. Alles fühlte den Griff am Hals.« (H. 329)

Alles umkreist sich gegenseitig, alles wird umkreist, und keiner der Körper kann sich – wegen der Gesetzlichkeit des Ganzen – einem andern Körper je ganz nähern noch sich von ihm ganz entfernen, ohne das universale Gleichgewicht und damit sich selbst zu zerstören. Alles wird gehalten durch den »Griff am Hals«, die »Hand an« der »Gurgel«, die wohl zum Arm des Gesetzes gehört, das hier Naturgesetz ist und sich der Angst zu seiner Erhaltung bedient.

»Niemand kann sagen, daß wir unbesonnen einander die Hand gereicht haben, nicht die Nähe, die täuschen kann, hat gewirkt, nicht der Augenblick, der täuschen kann, nicht ein Wort, das täuschen kann – und doch. (...) Es ist unmöglich, und wenn ich auch verzweifelt danach die Hand ausstrecke, es ist mir nicht gegeben. Das ist nicht Unentschlossenheit, ... sondern das ist eine Überzeugung, die ... sich nicht mißachten läßt, denn sie kommt unmittelbar aus meiner Natur.« (Brief an Felice vom 8. Juli 1913, F. 424)

»Es sind ja kaum Tatsachen, die mich hindern, es ist Furcht, eine unüberwindliche Furcht, eine Furcht davor, glücklich zu werden, eine Lust und ein Befehl, mich zu quälen für einen höheren Zweck.« (Brief an Felice vom 30. August 1913, F. 458)

»... was mich hält, ist förmlich ein Befehl des Himmels, eine nicht zu beschwichtigende Angst ... Es ist .... die Angst vor der Verbindung ... (...) Ich habe das bestimmte Gefühl, ... durch die Verbindung, durch die Auflösung dieses Nichtigen, das ich bin, zugrundezugehn ...« (Brief an Felice vom 10. Juli 1913, F. 426)

Wir kennen diese Sätze, sie stammen aus dem Fall F. und gleichzeitig weisen sie über ihn hinaus oder hinter ihn zurück, indem sie die konstituierenden Bestandteile jener eben dargestellten totalen Kosmologie der Angst sind, deren Gesetz natürlich auch über dem einen Fall F. waltet. Die Angst vor Verbindung als Befehl des Himmels und Überzeugung aus der eigenen Natur, die, insofern sie dem Gesetz des Himmels gehorcht, dessen Befehl sie sich gibt, dieser Himmel, dieses Gesetz selbst ist; als Mittel zur Selbsterhaltung des Systems und des einzelnen Nichtigen, das, indem es zu ihm gehört, dieses System selbst ist. Letztlich und kurz: Das Gesetz der Angst erhält sich selbst, indem es das Wesen erhält, das Angst ist. Noch kürzer: Selbsterhaltung des Wesens Angst. – Was paradox aussieht, beruht ganz einfach auf Identität. Weltanschauung und Wesen eines Wesens sind notwendig eins. Daher rührt auch, oder besser, gleichbedeutend damit ist die Einheit von »Lust« und »Befehl«.

Kafka hat oft und viel über die Angst geschrieben, aus dem einfachen Grund, weil er nie über etwas anderes nachgedacht hat als über sich selbst. »Alles Fremde ist fremd«, gesteht er Milena einmal (M. 67). Später geht er noch weiter und gibt zu: »... ich glaube nicht, daß mir ein Vergehn an einem andern, soweit es nur den andern betrifft, den Schlaf stören könnte.« (M. 175)

Und nur wenn sein Schlaf – also durch ihn selbst – gestört war, schrieb er ja. – »Soweit es nur den andern betrifft«, sagt er. Schon Felice hatte er klar zu machen versucht, daß Angst neben Gleichgültigkeit das Grundgefühl sei, das er gegenüber Menschen habe (vgl. Brief an Felice vom 1. Juli 1913, F. 418). Und das heißt eben: er hat zu den Menschen kein Verhältnis als das zu sich selber. Gleichgültigkeit schafft keine Beziehung zum Fremden, Angst nur dadurch, daß in ihr das Fremde auf das Ich bezogen wird. Das ist nicht eine Frage der Ethik.

»Wer innerhalb der Welt seinen Nächsten liebt, tut nicht mehr und nicht weniger Unrecht, als wer innerhalb der Welt sich selbst liebt. Es bliebe nur die Frage, ob das erstere möglich ist.« (H. 46)

So argumentiert Kafka in einem seiner Aphorismen und bekennt sich damit zu seinem Wesen, das, da es aus Angst besteht, auch zur Welt und damit zum Menschen nur das Verhältnis der Angst haben kann. Egozentrik ist keine Schuld, sondern eine Wirklichkeit des Künstlers.

Sein Wesen ist die Angst, sagten wir, und es dürfte in der Tat schwerfallen, die Vermutung zu widerlegen, alles was Kafka je geschrieben habe, habe mit dieser Angst zu tun. Nun sagt das zunächst weder über sein Schreiben noch über sein Wesen etwas aus, weil sich die Angst selbst nicht ausspricht, weil wir nicht wissen, was sie ist.

»Ich kann es nicht enträtseln«, schrieb Kafka selbst in seinem zweitletzten Brief an Milena, nachdem er lange genug versucht hatte, mit ihrer Hilfe hinter das Geheimnis zu kommen. »Freilich man kann es ja bei sich selbst nicht; nichts anderes ist die ›Angst‹.« (M. 206)

Die Angst: das Unenträtselbare; es sei denn, man könne sich selbst enträtseln. Ob Menschen überhaupt verstehbar sind? – Selbst wenn sich nie genau sagen läßt, wer Kafka, was seine Angst gewesen ist, so ist es umgekehrt schon viel, wenn wir – wie er es selbst schließlich getan hat – erkennen, daß das Unenträtselbare er selbst ist, daß es nicht irgendwoher von außen kommt, sondern als innerer Feind und nicht einmal gewiß als Feind oder nur solange als Feind, als es nicht als das eigene Selbst erkannt wird.

Früh schon spricht es Kafka gegenüber Milena aus: »... und außerdem ist ja mein Wesen: Angst.« (M. 53)

Und was hier noch neutral und wertfrei formuliert ist, wenig später hat Kafka bereits die Kraft, es ins Positive zu wenden und damit zu sich selbst und seinem Wesen zu stehen:

»Die schönsten Briefe unter den Deinigen (...) sind die, in denen Du meiner ›Angst‹ recht gibst und gleichzeitig zu erklären suchst, daß ich sie nicht haben muß. Denn auch ich, mag ich auch manchmal aussehn wie ein bestochener Verteidiger meiner ›Angst‹, gebe ihr im tiefsten wahrscheinlich recht, ja ich bestehe aus ihr und sie ist vielleicht mein Bestes. Und da sie mein Bestes ist, ist sie auch vielleicht das allein, was Du liebst. Denn was wäre sonst großes Liebenswertes an mir zu finden. Dieses aber ist liebenswert.« (M. 113 f.)

In diesem einen Zitat haben wir eigentlich in Kurzform schon die ganze Bewußtseinsentwicklung festgehalten: von »recht geben« über

»aus ihr bestehen«, »vielleicht mein Bestes«, »mein Bestes« bis hin schließlich zu »liebenswert« findet eine schrittweise Zuwendung zu sich selbst, zu dem, woraus man besteht, und mit dessen Anerkennung die Annahme seiner selbst bis zur völligen Selbstidentität statt, wie sie sich wieder etwas später ausspricht:

»Du kannst, Milena, nicht genau verstehn, um was es sich handelt ..., ich verstehe es ja selbst nicht, ich zittere nur unter dem Ausbruch, quäle mich bis an den Irrsinn heran, aber was es ist und was es in der Ferne will, weiß ich nicht. Nur was es in der Nähe will: Stille, Dunkel, Sich-Verkriechen, das weiß ich und muß folgen, kann nicht anders.

Es ist ein Ausbruch und geht vorüber und ist zum Teil vorübergegangen, aber die Kräfte, die ihn hervorrufen, zittern immerfort in mir, vorher und nachher, ja mein Leben, mein Dasein besteht aus diesem unterirdischen Drohen, hört es auf, höre ich auf, es ist die Art meiner Teilnahme am Leben, hört es auf, gebe ich das Leben auf, so leicht und selbstverständlich wie man die Augen schließt.« (M. 172 f.)

Vielleicht ist es die Bedingung des Künstlerseins überhaupt, einerseits zur Welt in einer so extremen Spannung zu stehen, wie sie etwa durch die Angst bezeichnet wird, und andererseits gerade diese Spannung als sein eigentliches Selbst zu bejahen. – Wer nur den ersten Teil der Bedingung erfüllt, verliert den Gleichschritt mit der Welt, ohne die Kraft zu besitzen, den eigenen Schritt zum Maß aller Dinge zu machen und den eigenen Weg als neue Welt zu statuieren. Er wird allenfalls im Wahnsinn enden. – Wer nur den zweiten Teil erfüllt, wird, eins mit sich selbst und der Welt, nichts über die Welt zu sagen haben, geschweige denn eine eigene schaffen.

Kafka erfüllte die ganze Bedingung. So sehr, daß er und die Welt unvereinbare Gegensätze waren, so sehr aber auch, daß er gerade diese Unvereinbarkeit zur letzten Einheit zu machen imstande war, die er selbst in dieser Vereinigung begründete. Nur auf diese Weise ist er da, wo andere längst krank zu nennen wären, gesund, nämlich in der Weise des Genies aus Notwendigkeit, die seine »Art« der »Teilnahme am Leben« ist. Welcher Anstrengung es bedurfte, wie lang der Weg war, den es zurückzulegen galt, um endlich diesen Punkt zu erreichen, von dem an es keine Rückkehr mehr gab[50], zeigen am deutlichsten die frühen Briefe, in denen uns Kafka noch in der verzweifelten Anstrengung vor die Augen tritt, sich an die Mitmenschen zu halten, nicht der Einsamkeit zu verfallen, deren eisigen Atem er schon im Nacken spürt.

An seinen Jugendfreund Oskar Pollak schreibt er als Zwanzigjähriger am 6. September 1903: »Einsiedelei ist widerlich, man lege seine Eier ehrlich vor aller Welt, die Sonne wird sie ausbrüten; man beiße lieber ins Leben statt in seine Zunge; man ehre den Maulwurf und seine Art, aber man mache ihn nicht zu seinem Heiligen.« (B. 17 f.)

So leicht sich das anhört, wird man schon hier den Eindruck nicht los, daß es eine Art magischer Abwehrformel für all das sein soll, was sich als Gegenteil des Wortlautes gerade noch hinter ihm bannen läßt. Und der sie gebraucht, scheint bereits ein verkappter Maulwurfsanbeter zu sein. Jedenfalls dämmert schon jetzt die furchtbare Fremde auf, die jeden, der sie einmal erfahren hat, von den Menschen entfernt, ob er will oder nicht:

»... Verlassen sind wir doch wie verirrte Kinder im Walde. Wenn Du vor mir stehst und mich ansiehst, was weißt Du von den Schmerzen, die in mir sind und was weiß ich von den Deinen. Und wenn ich mich vor Dir niederwerfen würde und weinen und erzählen, was wüßtest Du von mir mehr als von der Hölle, wenn Dir jemand erzählt, sie ist heiß und fürchterlich. Schon darum sollten wir Menschen vor einander so ehrfürchtig, so nachdenklich, so liebend stehn wie vor dem Eingang zur Hölle.«

Mögen diese Zeilen auch Ausdruck eines allgemeineren jugendlichen Weltschmerzes sein, so formuliert sich in ihnen doch sehr berührend ein erstes Gefühl der Fremdheit, und dies erst noch dem damals besten und einzigen Freund gegenüber, von dem es im weiteren Verlauf des Briefes umgekehrt heißt: »Du warst, neben vielem andern, auch etwas wie ein Fenster für mich, durch das ich auf die Gassen sehen konnte.« (Brief an Oskar Pollak vom 9. Nov. 1903, B. 19 f.)

»Du warst«, das ist eben die Vergangenheitsform, und indirekt kündigt sich in ihr schon die Vision einer Zukunft ohne Gassenfenster an. Am 21. Dezember 1903 schreibt Kafka an Oskar Pollak:

»Wenn man einander schreibt, ist man wie durch ein Seil verbunden ... Gestern abend hat mich nämlich dieses Bild gepackt. Nur dadurch, daß die Menschen alle Kräfte spannen und einander liebend helfen, erhalten sie sich in einer leidlichen Höhe über einer höllischen Tiefe, nach der sie wollen. Untereinander sind sie durch Seile verbunden, und bös ist es schon, wenn sich um einen die Seile lockern und er ein Stück tiefer sinkt als die andern in den leeren Raum, und gräßlich ist es, wenn die Seile um einen reißen und er jetzt fällt.« (B. 22 f.)

Kafka war einer von denen, die nicht nur nach der Tiefe wollen, sondern sogar müssen und also der Gravitation noch mit den eigenen Kräften assistieren, indem sie selber die Seile lockern, mit denen sie ja nicht nur gehalten, sondern auch gebunden sind.

»Aus eigenem Willen, wie eine Faust drehte er sich und vermied die Welt.« (3. Oktavheft, 16. Januar 1918, H. 99)

Das muß der junge Freund gemerkt und er wird sich irgendwie für seine vielleicht zu große Nähe entschuldigt haben, so daß Kafka am 10. Januar 1904 antworten konnte: »Du machst Dir in Deinem letzten Brief ungerechte Vorwürfe. Mir tut es gut, wenn mir einer eine kühle Hand reicht, aber wenn er sich einhängt, ist es mir schon peinlich und unverständlich.« (B. 26)

Kafka fiel also früh aus der Gemeinschaft der Menschen, aus eigenem Willen, weil er sich eben nicht einhängen ließ. Das bedeutet nun allerdings nicht, daß sich mit den Menschen auch das Bedürfnis nach ihnen verlor. »Dieses Verlangen nach Menschen, das sich in Angst verwandelt, wenn es erfüllt wird« (B. 101), kennen wir schon. Kafka hat zeitlebens den Kontakt mit den Menschen gerade noch zu halten vermocht. Auf der Grenzlinie zwischen Sehnsucht und Angst, zwischen Anziehung und Abstoßung, gehalten von der Hand am Hals, hat er sich in seiner Natur eingerichtet.

»Dieses Grenzland zwischen Einsamkeit und Gemeinschaft habe ich nur äußerst selten überschritten, ich habe mich darin sogar mehr angesiedelt als in der Einsamkeit selbst. Was für ein lebendiges schönes Land war im Vergleich hiezu Robinsons Insel«, schrieb er rückblickend am 29. Oktober 1921 ins Tagebuch (T. 394).

Hier war er zu Hause, mehr als er es auf Robinsons Insel gewesen wäre. Für ihn war gerade dieser Grenzbereich fruchtbar, nur er, und das wußte Kafka genau. Nur hier hatte er gleichzeitig die Freiheit zu sich selber und die Kraft, diese Freiheit zu nutzen. Denn diese Kraft schöpfte er aus dem Verhältnis zu den Menschen, das er von hier aus, im Spannungsfeld von Angst und Sehnsucht, trotz allem pflegte und für sich nutzbar machte.

»Das Verhältnis zum Mitmenschen ist das Verhältnis des Gebetes, das Verhältnis zu sich das Verhältnis des Strebens; aus dem Gebet wird die Kraft für das Streben geholt.« (Aphorismus 106, H. 53)

Aus dem Verhältnis zum Mitmenschen, das er Gebet nennt, nährt er sich für sich selbst. Damit ist auch der so oft strapazierte Ausspruch »Schreiben als Form des Gebetes« (H. 348) etwas entheiligt, indem Kafkas Verhältnis zu den Mitmenschen eben das des Schreibens war, beim Briefeschreiben angefangen. Durch die Briefe ist er mitten unter ihnen und gleichzeitig so fern von ihnen, daß er sie beschreiben kann. – Der Fall Felice Bauers, von der Kafka einmal sagte: »... ich lauere ihr auf, um ihr nicht zu begegnen« (H. 252), kann die Abstraktion illustrieren. Zeitweilig mindestens fühlte sich Kafka in seinem Grenzland gewiß wohl, wenn er von sich schreiben konnte: »Zu zweit fühlt er sich verlassener als allein. Ist er mit jemandem zu zweit, greift dieser zweite nach ihm, und er ist ihm hilflos ausgeliefert. Ist er allein, greift zwar die ganze Menschheit nach ihm, aber die unzähligen ausgestreckten Arme verfangen sich ineinander und niemand erreicht ihn.« (T. 19. Mai 1922, 418 f.)

Aber wie weit war es noch von diesem Sich-Einrichten in der Angst, deren Griff er spürte, bis zu der Erkenntnis, daß die Angst, mit der er seine Einsamkeit entschuldigte, nichts anderes war als die Angst um die Erhaltung dieser Einsamkeit selbst, daß er diese Angst war, die ihn hielt, indem sie sich selber erhielt!

Das tönt sehr kompliziert, Kafka selbst hat aber die Wendung, deren es zu dieser Einsicht bedurfte und die selbst die Einsicht war, in ein ganz einfaches Gleichnis gefaßt, das sich ihm im Zusammenhang mit seinem seltsamen Verhältnis zu Felice, die ihm für die Welt stand, aufgedrängt hatte:

»Ich liebte ein Mädchen, das mich auch liebte, ich mußte es aber verlassen. Warum? Ich weiß nicht. Es war so, als wäre sie von einem Kreis von Bewaffneten umgeben, welche die Lanzen nach auswärts hielten. Wenn ich mich auch näherte, geriet ich in die Spitzen, wurde verwundet und mußte zurück. Ich habe viel gelitten.

Das Mädchen hatte daran keine Schuld?

Ich glaube nicht, oder vielmehr, ich weiß es. Der vorige Vergleich war nicht vollständig, auch ich war von Bewaffneten umgeben, welche ihre Lanzen nach innen, also gegen mich hielten. Wenn ich zu dem Mädchen drängte, verfing ich mich zuerst in den Lanzen meiner Bewaffneten und kam schon hier nicht vorwärts. Vielleicht bin ich zu den Bewaffneten des Mädchens niemals gekommen und wenn ich hingekommen sein sollte, dann schon blutend von meinen Lanzen und ohne Besinnung.

Ist das Mädchen allein geblieben?

Nein, ein anderer ist zu ihr vorgedrungen, leicht und ungehindert. Ich habe, erschöpft von meinen Anstrengungen, so gleichgültig zugesehn, als wäre ich die Luft, durch die sich ihre Gesichter im ersten Kuß aneinanderlegten.« (H. 252 f.)

Die Lanzen, welche die Wunde rissen, der Kafka den Namen »Angst« gab, sind die eigenen, außer ihnen gibt es wohl keine, wenn es sie gibt, sind sie nicht wichtig, denn ein Wesen, das Angst ist, kommt notwendig nicht über sich hinaus. Das ist es, was Milena so klar erkannte, als sie sagte: »Er wird nie gesund werden ..., solange er diese Angst haben wird. Und keine ... Stärkung kann die Angst überwinden, denn die Angst verhindert die Stärkung.« (FK. 285 f.)

Nur nannte sie es Krankheit, wo es nichts zu heilen gab, was nicht einmal ein Leiden war, »sondern eine Waffe, deren äußerste Notwendigkeit bleibt, solange ich am Leben bleibe« (F. 757). – Aber das ahnte sie ja auch, als sie sich fragte, ob es da irgendeine Schuld gebe, »oder ob es eine Konsequenz seines eigenen Wesens ist« (FK. 285).

3. Die Angst vor dem Leben als Angst um das Leben

»Und beide können nicht am Leben bleiben« (F. 757), die Angst vor dem Leben und das Leben. Und da die Angst vor dem Leben bleibt, solange das Leben bleibt, muß schließlich das Leben weichen.

An dieser Stelle der Selbsterkenntnis schlägt die Angst um: die Angst vor dem Leben wird zur Angst vor dem Tod, auf den sich das Leben, vor dem man sich fürchtet, unaufhaltsam zubewegt. Diese Bewegung, der man den euphemistischen Namen »Leben« gegeben hat, die aber wesentlich Sterben ist, wird zum Zentrum aller Angst.

Es ist »Angst vor der Veränderung, Angst davor, die Aufmerksamkeit der Götter ... auf mich zu lenken« (B. 384), entschuldigt Kafka sein Verhalten Oskar Baum gegenüber, dessen Einladung er ablehnen mußte, in seinem Brief an Max Brod vom 5. Juli 1922. – Oskar Baum selbst hat er einen Tag zuvor schon geschrieben:

»Du kannst Dir diese Angst gewiß irgendwie vorstellen, aber bis in ihre Tiefe kannst Du nicht kommen, dafür bist Du zu mutig. Ich habe, aufrichtig gesagt, eine fürchterliche Angst vor der Reise, natürlich nicht gerade vor dieser Reise und überhaupt nicht nur vor der Reise, sondern vor jeder Veränderung; je größer die Veränderung ist, desto größer zwar die Angst, aber das ist nur verhältnismäßig, würde ich mich nur auf allerkleinste Veränderungen beschränken – das Leben erlaubt es allerdings nicht –, würde schließlich die Umstellung eines Tisches in meinem Zimmer nicht weniger schrecklich sein als die Reise nach Georgental. Übrigens nicht nur die Reise nach Georgental ist schrecklich, auch die Abreise von dort wird es sein. Im letzten oder vorletzten Grunde ist es ja nur Todesangst.« (Brief an Oskar Baum, 4. Juli 1922, B. 382)

Im oben erwähnten Schreiben an Brod heißt es weiter – in der Er-Form, da Kafka von sich als dem Schriftsteller spricht –: »Die Gründe für die Todesangst lassen sich in zwei Hauptgruppen teilen. Erstens hat er schreckliche Angst zu sterben, weil er noch nicht gelebt hat. Damit meine ich nicht, daß zum Leben Weib und Kind und Feld und Vieh nötig ist. Nötig zum Leben ist nur, auf Selbstgenuß zu verzichten; einziehen in das Haus, statt es zu bewundern und zu bekränzen. Dagegen könnte man sagen, daß das Schicksal ist und in niemandes Hand gegeben. Aber warum hat man dann Reue, warum hört die Reue nicht auf? Um sich schöner und schmackhafter zu machen? Auch das. Aber warum bleibt darüber hinaus das Schlußwort in solchen Nächten immer: Ich könnte leben und lebe nicht.« (B. 385)

Die Angst vor dem Leben kann sich also – und dies vor allem in den letzten Lebensjahren – auch als Trauer manifestieren, als Trauer um ein nicht gelebtes Leben. Mehr noch: »Der zweite Hauptgrund – vielleicht ist es auch nur einer, jetzt wollen sich mir die zwei nicht recht sondern – ist die Überlegung: ›Was ich gespielt habe, wird wirklich geschehen. Ich habe mich durch das Schreiben nicht losgekauft.

Attention !
Ne pas se poser sous
des charges flottantes.
Danger de mort !

Mein Leben lang bin ich gestorben und nun werde ich wirklich sterben.‹« (B. 385)

Das Schreiben? Der letzte Grund der Angst? Die Angst vor dem Tod ist ja – so geht es aus den Zeilen an Oskar Baum hervor – vielleicht nur der vorletzte. – Tatsächlich heißt es gegen Ende des Briefes an Brod:

»Um diese ganze Geschichte schriftstellerisch zu pointieren – nicht ich pointiere, die Sache tut es – muß ich hinzufügen, daß in meiner Angst vor der Reise sogar die Überlegung eine Rolle spielt, ich würde zumindest durch einige Tage vom Schreibtisch abgehalten sein. Und diese lächerliche Überlegung ist in Wirklichkeit die einzige berechtigte, denn das Dasein des Schriftstellers ist wirklich vom Schreibtisch abhängig, er darf sich eigentlich, wenn er dem Irrsinn entgehen will, niemals vom Schreibtisch entfernen, mit den Zähnen muß er sich festhalten.« (B. 385)

Der einzig berechtigte Grund – das ist damit doch gesagt – für die Angst vor dem Leben, insofern sie Angst vor dem Tod ist, liegt im Schreiben. Die einfache Erklärung dafür liefert ein Aphorismus aus der Reihe »Er«:

»Am Sicherheben hindert ihn eine gewisse Schwere, ein Gefühl des Gesichertseins für jeden Fall, die Ahnung eines Lagers, das ihm bereitet ist und nur ihm gehört; am Stilleliegen aber hindert ihn eine Unruhe, die ihn vom Lager jagt, es hindert ihn das Gewissen, das endlos schlagende Herz, die Angst vor dem Tod und das Verlangen ihn zu widerlegen, alles das läßt ihn nicht ruhen und er erhebt sich wieder. Dieses Auf und Ab und einige auf diesen Wegen gemachte zufällige, flüchtige, abseitige Beobachtungen sind sein Leben.« (BK. 287)

Damit ist nun das Wesen der Angst von allen Seiten erfaßt, indem es auf ihr Zentrum bezogen wird: Die Angst vor dem Leben als Form der Angst vor dem Tod ist auch Angst um das Leben, insofern Leben Widerlegung des Todes – und das heißt für Kafka: Schreiben – ist.

Ist es die Rechtfertigung, die Tiefe der Wunde, deren Entzündung F. war? – Tatsächlich steht Felice, durch die seine Wunde aufbrach, am Anfang von Kafkas gültigem Schaffen. Sie hat sein Schreiben entzündet.

In einem der letzten Briefe an Milena schreibt Kafka: »... ich suche immerfort etwas Nicht-Mitteilbares mitzuteilen, etwas Unerklärbares zu erklären, von etwas zu erzählen, was ich in den Knochen habe und was nur in diesen Knochen erlebt werden kann. Es ist ja vielleicht im Grunde nichts anderes als jene Angst, von der schon so oft die Rede war, aber Angst ausgedehnt auf alles, ... Allerdings ist diese Angst vielleicht nicht nur Angst, sondern auch Sehnsucht nach etwas, was mehr ist als alles Angsterregende.« (M . 191)

4. Die ungeheure Welt im Kopf

»Etwas, was mehr ist als alles Angsterregende« (M. 191) – das heißt auch mehr als Kafka selbst, der sich als den wahren Angsterreger ja erkannt hatte –, das konnte nur das Schreiben bringen, das ihn und in ihm den Tod widerlegte, indem es ihn überlebte. – Schon am 21. Juni 1913 schrieb Kafka in sein Tagebuch:

»Die ungeheure Welt, die ich im Kopfe habe. Aber wie mich befreien und sie befreien, ohne zu zerreißen. Und tausendmal lieber zerreißen, als in mir sie zurückhalten oder begraben. Dazu bin ich ja hier, das ist mir ganz klar.« (T. 219)

Um sich zu befreien durch die Befreiung der ungeheuren Welt aus seinem Kopf, das heißt durch das Aus-sich-heraus-Stellen seiner Welt in die Schrift. Zum Schreiben war Kafka hier, das war seine Selbstverwirklichung, seine Art der Teilnahme am Leben.

Das mag erstaunlich absolut klingen, wenn man sich daneben sein fast vollständiges Desinteresse an allem Literaturbetrieb, ja sogar an seinen eigenen Manuskripten vergegenwärtigt. – Als er während seines Landaufenthaltes in Zürau bei seiner Schwester Ottla, wo er zur Erholung von seinem Blutsturz weilte, von Max Brod Anfang November 1917 beispielsweise angefragt worden war, ob er nicht einer ihm, Brod, bekannten Schauspielerin einige seiner Erzählungen zum öffentlichen Vortrag überlassen wolle, antwortete Kafka entschieden und unmißverständlich, er wüßte nicht, was ihn die Sache angehen könnte und nur aus Eitelkeit wolle er sich in so etwas gar nicht einlassen. »Die Stücke«, heißt es dann wörtlich, »die ich schicken könnte, bedeuten für mich wesentlich gar nichts, ich respektiere nur den Augenblick, in dem ich sie geschrieben habe, und nun soll sie eine Schauspielerin, die für ihren Vorteil viel Wirksameres finden wird, aus dem Nichts, in das sie schnell oder langsamer hinunter fallen, für einen Augenblick eines Abends hochheben? Das ist sinnlose Mühe.« (B. 191)

Hinlänglich bekannt ist ja auch die seltsame Geschichte um Kafkas letzten Willen, wonach die meisten seiner Texte nach seinem Tod hätten verbrannt werden sollen. Max Brod, der als Vollstrecker auserkoren war, gibt allerdings eine ziemlich einleuchtende Begründung für sein Zuwiderhandeln gegen den Wunsch seines Freundes, den er darüber in Kenntnis gesetzt habe, daß er ihm niemals entsprechen werde, und dies ohne daß Kafka in der Folge die Sache einem Juristen oder aber einem anderen Bekannten in die Hand gegeben hätte[51]. – Scheint es also gute Gründe für die Zweifel an Kafkas Willen gegeben zu haben, nicht zuletzt auch in der Tatsache, daß er selber nicht den Mut hatte, sein Werk, die Welt aus seinem Kopf, dem Feuer zu übergeben – wie wäre dann der Tod noch zu widerlegen gewesen? –, so bleibt immerhin die Realität übrig, daß er sich nie sonderlich um die Herausgabe seiner Texte bemüht hat, daß er auch die Arbeit an allen drei Romanen abbrach, sobald ihr Ende in Sichtweite kam.

Tatsächlich scheint ihm das Geschriebene, einmal auf dem Papier objektiv geworden, nichts zu bedeuten, tatsächlich respektiert er nur den Augenblick des Schreibens selbst. Diesen Moment der Inspiration, den Akt der Schöpfung aus sich selbst, malt er denn auch immer wieder gerne und in einem bei ihm sonst selten erlebten Rausch der Sinne in einer Drastik aus, die sogar in der Spiegelung der Sprache noch einen guten Teil der Dämonie des ewigen Moments sichtbar macht, in dem der Künstler mit seinen Tiefen in Verbindung tritt.

»Schreiben heißt ja sich öffnen bis zum Übermaß; die äußerste Offenherzigkeit und Hingabe, in der sich ein Mensch im menschlichen Verkehr schon zu verlieren glaubt und vor der er also, solange er bei Sinnen ist, immer zurückscheuen wird – denn leben will jeder, solange er lebt – diese Offenherzigkeit und Hingabe genügt zum Schreiben bei weitem nicht. Was von dieser Oberfläche ins Schreiben hinübergenommen wird – wenn es nicht anders geht und die tiefern Quellen schweigen – ist nichts und fällt in dem Augenblick zusammen, in dem ein wahres Gefühl diesen obern Boden zum Schwanken bringt. Deshalb kann man nicht genug allein sein, wenn man schreibt, deshalb kann es nicht genug still um einen sein, wenn man schreibt, die Nacht ist noch zu wenig Nacht. Deshalb kann nicht genug Zeit einem zur Verfügung stehn, denn die Wege sind lang, und man irrt leicht ab, man bekommt sogar manchmal Angst und hat schon ohne Zwang und Lockung Lust zurückzulaufen (eine später immer schwer bestrafte Lust), ... Oft dachte ich schon daran, daß es die beste Lebensweise für mich wäre, mit Schreibzeug und einer Lampe im innersten Raume eines ausgedehnten, abgesperrten Kellers zu sein. (...) Was ich dann schreiben würde! Aus welchen Tiefen ich es hervorreißen würde! Ohne Anstrengung! Denn äußerste Koncentration kennt keine Anstrengung. Nur, daß ich es vielleicht nicht lange treiben würde und beim ersten, vielleicht selbst in solchem Zustand nicht zu vermeidenden Mißlingen in einen großartigen Wahnsinn ausbrechen müßte.« (F. 250)

Aber das müßte er auch, wenn er nicht schreiben würde, das weiß Kafka ebensogut und deshalb schreibt er auch solche Briefe wie den obigen vom 14. und 15. Januar 1913 an eine Frau, die »nicht nur der größte Freund, sondern gleichzeitig auch der größte Feind« seiner Arbeit war, »wenigstens von der Arbeit aus gesehen«, die »sich deshalb ... in ihrer Selbsterhaltung mit allen Kräften gegen sie wehren« mußte (Brief an Felice, Ende Oktober/Anfang November 1914, F. 616).

Solche Briefe gehörten mit zum Selbstverteidigungssystem des schreibenden Kellerbewohners, der nicht genug allein sein konnte, und dem deshalb von zwei Seiten tödliche Gefahr drohte: vom »nicht genug allein« und vom »allein sein« her. – In dem schon erwähnten Brief an Max Brod vom 5. Juli 1922, in dem auch von den verschiedenen Seiten der Angst die Rede ist, schreibt Kafka über die doppelte Gefahr, in der er als Künstler immer schwebte:

»Als ich heute in der schlaflosen Nacht alles immer wieder hin- und hergehn ließ zwischen den schmerzenden Schläfen, wurde mir wieder ... bewußt, auf was für einem schwachen oder gar nicht vorhandenen Boden ich lebe, über einem Dunkel, aus dem die dunkle Gewalt nach ihrem Willen hervorkommt und, ohne sich an mein Stottern zu kehren, mein Leben zerstört. Das Schreiben erhält mich, aber ist es nicht richtiger zu sagen, daß es diese Art Leben erhält? Damit meine ich natürlich nicht, daß mein Leben besser ist, wenn ich nicht schreibe. Vielmehr ist es dann viel schlimmer und gänzlich unerträglich und muß mit dem Irrsinn enden. Aber das freilich nur unter der Bedingung, daß ich, wie es tatsächlich der Fall ist, auch wenn ich nicht schreibe, Schriftsteller bin und ein nicht schreibender Schriftsteller ist allerdings ein den Irrsinn herausforderndes Unding.« (B. 384)

Irrsinn in beiden Fällen: als nichtschreibender Schriftsteller und als aus den tiefsten Tiefen schöpfender Inspirierter. Aber der zweite Fall von Irrsinn ist »großartiger«. So fährt Kafka denn fort:

»Aber wie ist es mit dem Schriftstellersein selbst? Das Schreiben ist ein süßer wunderbarer Lohn, aber wofür? In der Nacht war es mir mit der Deutlichkeit kindlichen Anschauungsunterrichtes klar, daß es der Lohn für Teufelsdienst ist. Dieses Hinabgehen zu den dunklen Mächten, diese Entfesselung von Natur aus gebundener Geister, fragwürdige Umarmungen und was alles unten noch vor sich gehen mag, von dem man oben nichts mehr weiß, wenn man im Sonnenlicht Geschichten schreibt. Vielleicht gibt es auch anderes Schreiben, ich kenne nur dieses; in der Nacht, wenn mich die Angst nicht schlafen läßt, kenne ich nur dieses.« (B. 384)

Und dieses Schreiben ist es, obwohl der Lohn für Teufelsdienst, dieses in sich Hinabsteigen und Befreien der gebundenen Geister ist das einzige, was Kafka an der Literatur anerkennt, ist sein einziges Glück. Man spürt förmlich das Grauen und die Begeisterung, die sich in ihrer fragwürdigen Umarmung zu einer der großartigsten Darstellungen künstlerischer Erfüllung vermählen.

»Nur die Nächte mit Schreiben durchrasen, das will ich. Und daran zugrundegehn oder irrsinnig werden, das will ich auch, weil es die notwendige längst vorausgefühlte Folge dessen ist.« (Brief an Felice vom 13. Juli 1913, F. 427)

5. Die Hungerkunst

In einem so ernst genommenen und absolut gelebten Dichterleben ist nun freilich kein Platz für irgendwelchen Literaturbetrieb. Man kann vielleicht sagen, Kafkas Verhältnis zur Kunst sei das seines »Hungerkünstlers«, der kurz vor seinem Tod erklärt, weshalb man seine Kunst, das Hungern, nicht bewundern darf:

»›Weil ich hungern muß, ich kann nicht anders‹, sagte der Hungerkünstler. ›Da sieh mal einer‹, sagte der Aufseher, ›warum kannst du denn nicht anders?‹ ›Weil ich‹, sagte der Hungerkünstler, hob das

Köpfchen ein wenig und sprach mit wie zum Kuß gespitzten Lippen gerade in das Ohr des Aufsehers hinein, damit nichts verloren ginge, ›weil ich nicht die Speise finden konnte, die mir schmeckt ...‹«

Kafka kann nicht anders als schreiben, als hungern, als auf das Leben verzichten, weil er – wir erinnern uns an die Spatzengeschichte, die er Milena über sich erzählt – die »Speise seines Lebens« (M. 38) nicht anders finden kann.

»›Hätte ich sie gefunden, glaube mir, ich hätte kein Aufsehen gemacht und mich vollgegessen wie du und alle.‹ Das waren die letzten Worte, aber noch in seinen gebrochenen Augen war die feste, wenn auch nicht mehr stolze Überzeugung, daß er weiterhungre.« (»Ein Hungerkünstler«, DE. 185)

»Das ist kein Mensch, der sich seine Askese als Mittel zu einem Ziel konstruiert«, schreibt Milena in einem ihrer Briefe an Max Brod über Kafka und scheint damit nicht nur ihn, sondern gleichzeitig seine Erzählung zu interpretieren, »das ist ein Mensch, der durch seine schreckliche Hellsichtigkeit, Reinheit und Unfähigkeit zum Kompromiß zur Askese gezwungen ist.« (FK. 282)

Vielleicht ist es überhaupt unrichtig, bei einem so vollkommenen und unbedingten Zwang zur Kunst noch von einem Verhältnis zu ihr zu sprechen. Vielleicht hat das Genie kein Verhältnis zu sich selbst, so wie es keinen Schatten hat, über den es springen könnte. Weitergehend als bei Kafka ist jedenfalls die Selbstidentifikation des Künstlers mit seiner Kunst nicht mehr denkbar. Ja, selbst der Ausdruck »Identifikation« scheint noch zu wenig absolut zu sein, um der Sache Kafka gerecht zu werden, einer Sache, in der vor lauter Künstlersein-an-und-für-Sich die Kunst, die zu solchem Sein gehört, gar keine Rolle spielt. Dann nämlich, wenn er, »wie es tatsächlich der Fall ist« (B. 384), auch wenn er nicht schreibt, Schriftsteller ist.

Verhältnislosigkeit? – Es ist auch nicht der richtige Begriff. Künstler sind in der Regel nicht so einfach organisiert, daß sie sich in ge-

gensätzlichen Begriffspaaren auflösen ließen. Menschen überhaupt nicht. Aber die anderen Menschen lassen es sich eher gefallen.

Wie immer, wenn sich kein Wort mehr findet, das einer Sache Genüge täte, findet Kafka ein Bild, so auch da, wo es darum geht, ein »Verhältnis« auszudrücken, das weder in dieses Wort noch in sein Gegenteil gefaßt werden kann. Felice hat ihm von einem Graphologen erzählt, dem sie seine Briefe vorgelegt hat. In seiner Antwort vom 14. August 1913 reagiert Kafka – wie immer, wenn es um seine Person geht, sehr engagiert – mit ironischer Ablehnung:

»Der Mann in Euerer Pension soll die Graphologie lassen. Ich bin ... gar nicht ›überaus sinnlich‹, sondern habe großartige, eingeborene asketische Fähigkeiten ... Nicht einmal das ›künstlerische Interesse‹ ist wahr, es ist sogar die falscheste Aussage unter allen Falschheiten. Ich habe kein literarisches Interesse, sondern bestehe aus Literatur, ich bin nichts anderes und kann nichts anderes sein.« (F. 444)

Dann läßt er das Bild folgen, das er zur Darstellung seiner selbst einer »Geschichte des Teufelsglaubens« entnommen hat:

»Ein Kleriker hatte eine so schöne süße Stimme, daß sie zu hören die größte Lust gewährte. Als ein Geistlicher diese Lieblichkeit eines Tages auch gehört hatte, sagte er: das ist nicht die Stimme eines Menschen, sondern des Teufels. In Gegenwart aller Bewunderer beschwor er den Dämon, der auch ausfuhr, worauf der Leichnam (denn hier war eben ein menschlicher Leib anstatt von der Seele vom Teufel belebt gewesen) zusammensank und stank.« (F. 444)

Kafka verzichtet auf eine Kommentierung, wir dürfen es auch, die Geschichte spricht für sich selbst. Nur die bissige Bemerkung, mit der Kafka die Angelegenheit beschließt, wollen wir uns nicht vorenthalten: »Man muß allerdings schon ein ganz ausgepichter Graphologe sein, um das aus meiner Schrift herauszufinden.« (F. 445)

Das soll wohl heißen: das Phänomen des Künstlers ist einer objektiven Wissenschaft nicht zugänglich. »Wenn ihr's nicht fühlt, ihr werdet's nicht erjagen«, sagte Goethes Faust. Kafka, in der schlichteren Sprache seines »Hungerkünstlers«, schreibt verzweifelt: »Versuche, jemandem die Hungerkunst zu erklären! Wer es nicht fühlt, dem kann man es nicht begreiflich machen.« (DE. 184)

Kafka fühlt es. In seinem Tagebuch nimmt er verschiedene Anläufe, es sich erklärlich zu machen. Über fast zehn Jahre hinweg folgen in unregelmäßigen Abständen wiederholte Versuche, dahinter zu kommen, hinter das Gefühl, hinter die Ahnung eines Schicksals, das Schreiben hieß. – Unter dem Datum des 3. Januar 1912 findet sich ein erster diesbezüglicher Eintrag, der sich mit der sichtbaren Entstehungsgeschichte von Kafkas »Konzentration auf das Schreiben hin« befaßt:

»Als es in meinem Organismus klargeworden war, daß das Schreiben die ergiebigste Richtung meines Wesens sei, drängte sich alles hin und ließ alle Fähigkeiten leer stehn, die sich auf die Freuden des Geschlechtes, des Essens, des Trinkens, des philosophischen Nachdenkens, der Musik zuallererst, richteten. Ich magerte nach allen diesen Richtungen ab. Das war notwendig, weil meine Kräfte in ihrer Gesamtheit so gering waren, daß sie nur gesammelt dem Zweck des Schreibens halbwegs dienen konnten. Ich habe diesen Zweck natürlich nicht selbständig und bewußt gefunden, er fand sich selbst ...« (T. 163)

Auffallend ist in dieser Schilderung die Tatsache, daß Geschlecht, Essen, Trinken zusammen mit Philosophie und Musik in denselben Topf geworfen werden. Alles, was nicht er ist, alles was nicht mit seinem Schreiben zusammenhängt, ist für Kafka gleichwertig, das heißt gleichgültig, unwert. Aber damit ist selbstverständlich nichts erklärt, weder weshalb es Kafkas Organismus klar wurde, daß er sich auf das Schreiben konzentrieren müsse, noch weshalb diese Konzentration notwendig war. Da hilft die Erklärung gar nicht weiter, seine Kräfte seien so gering gewesen, daß sie nur zusammen ihrem Zweck genügen

konnten. Oder war die Schwäche auch notwendig, und der Zweck selbst, dem sie nützte? Offenbar schon. Aber die Notwendigkeit kann immer nur durch ihre Notwendigkeit erklärt werden, also überhaupt nicht. Ihr Sinn ist niemals bewußt zu machen, da er sich selber fand. Am 2. März 1912 kommen denn auch schon die ersten Zweifel:

»Wer bestätigt mir die Wahrheit oder Wahrscheinlichkeit dessen, daß ich nur infolge meiner literarischen Bestimmung sonst interesselos und infolgedessen herzlos bin.« (T. 188)

Allerdings sind diese Zweifel nicht gegen die literarische Bestimmung selber gerichtet – sie ist zweifellos, selbst dem mit ziemlich schwachem Selbstvertrauen ausgerüsteten Kafka –, sondern, und das wird uns noch beschäftigen müssen, gegen die Behandlung dieser Bestimmung innerhalb eines Beziehungsfeldes von Ursache und Wirkung. Weder die Annahme, die Notwendigkeit zum Schreiben sei die Ursache der Wirkung sonstiger Interesselosigkeit, noch ihre Umkehrung scheinen überzeugend und zwingend. Und da wir gewohnt sind, ausschließlich in Gegensätzen zu denken, verdunkelt sich die Notwendigkeit immer mehr, je länger wir sie dem Verstand aussetzen. »Die Festigkeit aber, die das geringste Schreiben mir verursacht, ist zweifellos und wunderbar« (T. 240), vermerkt Kafka am 27. November 1913.

Es ist beruhigend, die Notwendigkeit selbst leidet nicht im geringsten unter ihrer Unerklärbarkeit, im Gegenteil führt sie gerade daraus ihren Selbstbeweis. Wäre sie erklärbar, ableitbar, zurückzuführen auf etwas anderes als sie ist, wäre sie ja gerade widerlegt, indem ihre Bedingtheit sich erwiese. Eine bedingte Notwendigkeit ist aber keine Notwendigkeit. Dadurch, daß sie nicht zu bedingen ist, unerklärbar bleibt, entzieht sie sich jedem Zweifel. Auch Kafka findet sich schließlich damit ab. Er faßt – am 6. August 1914 – nur noch einmal zusammen, was ihm schon zwei Jahre früher klar geworden ist:

»Von der Literatur aus gesehen ist mein Schicksal sehr einfach. Der Sinn für die Darstellung meines traumhaften innern Lebens hat alles andere ins Nebensächliche gerückt, und es ist in einer schrecklichen Weise verkümmert und hört nicht auf, zu verkümmern. Nichts anderes kann mich jemals zufriedenstellen.« (T. 300)

Und schließlich – sieben Jahre später, am 19. Oktober 1921 – begnügt er sich in der in diesem Zusammenhang letzten Eintragung mit einem Selbstporträt:

»Derjenige«, schreibt er, »der mit dem Leben nicht lebendig fertig wird, braucht die eine Hand, um die Verzweiflung über sein Schicksal ein wenig abzuwehren – es geschieht sehr unvollkommen –, mit der anderen Hand aber kann er eintragen, was er unter Trümmern sieht, denn er sieht anderes und mehr als die anderen, er ist doch tot zu Lebzeiten und der eigentlich Überlebende.« (T. 392)

Wo der Mensch mit seinem Verstand nicht hinreicht, sucht er gerne Zuflucht in Bildern oder Mythen, die ihn zwar auch nicht erklären, ihm aber immerhin den Trost geben können, daß er in seiner unverstandenen Eigenartigkeit aufgehoben ist in der ewigen Wiederkehr der Dinge, daß es andere gab und geben wird mit einem ähnlichen Schicksal, welche dem seinen einen – wenn auch unbegreifbaren – Sinn verleihen. – Im Januar 1918[52] rief Kafka »Prometheus« in sein Leben zurück (vgl. DE. 303).

»Von Prometheus berichten vier Sagen«, schreibt er, aber die nun folgenden Zusammenfassungen sind nicht vier unabhängige Geschichten, sondern vier Erkenntnisstufen seiner eigenen Geschichte, die er sich im Spiegel des Mythos gegenüberstellt:

»Nach der ersten wurde er, weil er die Götter an die Menschen verraten hatte, am Kaukasus festgeschmiedet, und die Götter schickten Adler, die von seiner immer wachsenden Leber fraßen.«

Die erste Sage spiegelt die erste Erkenntnisstufe, die der Kausalität. Sie wird von einem »weil« dominiert, das alles ganz einfach zu sehen erlaubt. Das schmerzliche Schicksal hat einen Grund, eine

Ursache, deren bloße Folge es ist. Prometheus hat die Götter verraten, an die Menschen. Vielleicht auch nur das Göttliche in sich. Indem er zu ihm hinabgestiegen ist, um es heraufzuheben aus seinen eigenen Tiefen und es ans Licht zu bringen, sich selbst, das Göttliche in sich, das Unzerstörbare den Menschen ausliefernd und damit der Zerstörung preisgebend. Schreiben ist der Lohn für Teufelsdienst, hat Kafka gesagt. War Prometheus Dichter? Jedenfalls hat er den göttlichen Funken zur Welt gebracht, er hat die »von Natur aus gebundenen Geister« (B. 384) entfesselt. Dafür, auf diesen Teufelsdienst steht Strafe, die Strafe der Verkettung mit einem schmerzvollen Schicksal. – Das einfachste Weltbild: das von Schuld und Sühne, oder anders ausgedrückt: das von Ursache und Wirkung, in dem allein Platz ist für Schuld und damit für Sühne.

»Nach der zweiten drückte sich Prometheus im Schmerz vor den zuhackenden Schnäbeln immer tiefer in den Felsen, bis er mit ihm eins wurde. Nach der dritten wurde in den Jahrtausenden sein Verrat vergessen, die Götter vergaßen, die Adler, er selbst.«

Die mittlere Erkenntnisstufe, die der Identifikation. Die Schuld ist vergessen, nur der Schmerz ist geblieben. Da er aber nicht mehr als Strafe aufgefaßt werden kann, erleidet ihn Prometheus auch nicht mehr eigentlich. Indem er seinen Grund nicht kennt, noch den Grund für die Ketten, die ihn an sein Schicksal binden, anerkennt er beide als seinem Schicksal von vornherein notwendig zugehörig und damit wird er eins mit ihm und ihnen, die es ausmachen: der Wunde, den Ketten, dem Fels.

»Nach der vierten wurde man des grundlos Gewordenen müde. Die Götter wurden müde, die Adler wurden müde, die Wunde schloß sich müde. Blieb das unerklärliche Felsgebirge. – «

Die dritte Erkenntnisstufe, die aus der zweiten unmittelbar folgt, die des Verzichts auf Erklärung. Da die Schuld hinfällig geworden ist und nicht mehr in Betracht kommt, hat das Schicksal seinen Grund verloren, damit auch seinen Sinn, der nur im Bezug von Ursache und Wirkung eine Rolle spielte. Das Schicksal ist »grundlos« geworden, sinnlos, da keine Schuld vorliegt, die es rechtfertigen könnte. Der es gelebt hat, wird müde, wird seines Schicksals müde, der sinnlosen Notwendigkeit seiner Wunde. Er wird schließlich sterben vor Müdigkeit. Aber er läßt das Schicksal zurück, das er gelebt hat, die Leiden seines Lebens sind im Stein verewigt, der er war. Das Fleisch ist Stein geworden. Sein Selbst läßt er zurück: das unerklärliche Felsgebirge. Nicht begründbar, nicht hinterfragbar, zweifellos in der Notwendigkeit seiner nackten Existenz, wird es ewig Fragen aufwerfen, die naturgemäß unbeantwortbar sind.

»Die Sage versucht das Unerklärliche zu erklären.« Natürlich gelingt es ihr nicht, auch sie muß sich mit seiner Schilderung begnügen. Aber wenn auch sie das Phänomen des Künstlers nicht erklären kann, eines macht sie uns in ihrem letzten Satz doch klar: Was »aus einem Wahrheitsgrund kommt, muß ... im Unerklärlichen enden« (DE. 303).

A – Der archimedische Punkt

1. Das Modell der konzentrischen Kreise

Man hat dem Unverständlichen namens Kafka beizukommen versucht, indem man es mit anderen, vertrauteren, der Wissenschaft geläufigeren Namen belegte. Seine Angst nannte man etwa Verfolgungswahn oder Sexualneurose, den mit ihr zusammenhängenden Verzicht auf die Welt Vaterkomplex. – Nun muß man zugeben, daß Kafka nicht ganz unschuldig ist an dem Bild, das man sich so von ihm machen konnte, hat er doch selber – in schwachen Stunden, wie ich meine – schwarz auf weiß Anhaltspunkte genug geliefert für eine solche Betrachtungsweise, in einer frühen Tagebucheintragung (vgl. T. 10 ff.), in einigen Briefen an Milena (vgl. z. B. M. 48 f., 138 ff.) etwa, die sich auf seine Jugend und Erziehung beziehen, und vor allem in dem viel zu berühmten »Brief an den Vater« (vgl. H. 162–223). Viel zu berühmt deshalb, weil Kafka selbst ihn so weit dementiert hat, daß er als Beweisstück für eine These beliebiger Richtung gar nicht mehr in Frage kommen kann. Erstens ist das 1919 verfaßte Schreiben, das seinen Adressaten nie erreichte, kein eigentlicher Brief, sondern ein literarisches Selbstgespräch, vom Zweck her deformiert, eine der lügenhaftesten Konstruktionen – neben einigen Briefen an Felice vielleicht – aus Kafkas Feder, die sonst selten auf so krummen Zeilen schrieb.

»... der Brief ist doch zu sehr auf sein Ziel hin konstruiert«, gesteht Kafka Milena freimütig ein (M. 55), etwas später schreibt er ihr sogar: »Morgen schicke ich Dir den Vater-Brief in die Wohnung, heb ihn bitte gut auf, ich könnte ihn vielleicht doch einmal dem Vater geben wollen. Laß ihn womöglich niemand lesen. Und verstehe beim Lesen alle advokatorischen Kniffe, es ist ein Advokatenbrief.« (M. 61)

Gewiß, wenn man einmal ein so vollständiges und lückenlos durchkonstruiertes Plädoyer für seine These in der Hand hat wie diesen »Brief an den Vater«, dann übersieht man – es braucht nicht einmal Absicht dahinter zu stecken – solche gravierenden Relativierungen nur allzu leicht. Und das Material ist darin ja tatsächlich fein säuberlich zusammengetragen und geordnet, die Verlockung groß, die Schuld für Kafkas So-Sein, das man dann Krankheit nennen kann, auf das Milieu, die Sexualerziehung, das Elternhaus überhaupt, vor allem aber auf den Vater abzuschieben. Alles ist dann ganz einfach: Die Person des Vaters war übermächtig und beanspruchte in den Augen des sensiblen und eingeschüchterten Sohnes so viel von der Welt, daß für ihn selbst fast nichts mehr übrig blieb, insbesondere gar nichts auf dem Sektor der zwischengeschlechtlichen Beziehungen. Daher also die gescheiterten Eheversuche, daher die Flucht aus den Armen des weltbeherrschenden Vaters in die Literatur, in die Einsamkeit des Schreibens. Alles scheint sauber aufzugehen, wie überall, wo mit Schuld operiert werden kann. Auch wenn Kafka die Schuld seines Vaters aus dem moralischen Wertsystem herauslöst, indem er sie als Folge seiner Natur und seines Wesens, für das der Vater ja nichts könne, sozusagen entschuldigt, so bleibt sie doch Schuld mindestens im Sinne von Ursache. – Aber eben, der Brief ist advokatorisch, zweckbezogen, verfälschend, ohne eigentliche Lüge, aber noch mehr ohne Wahrheit, die Ausgeburt einer momentanen Schwäche von Kafkas Persönlichkeit, die sich der Last, die sie sich selber gelegentlich war, zu entledigen sucht, einer ähnlichen Schwäche wie derjenigen, aus welcher jener so enttäuschend unehrliche zweitletzte Brief an Felice am 1. Oktober 1917 hervorging, aus dem die folgende Passage stammt:

»Ich bin ein lügnerischer Mensch, ich kann das Gleichgewicht nicht anders halten, mein Kahn ist sehr brüchig. Wenn ich mich auf mein Endziel hin prüfe, so ergibt sich, daß ich nicht eigentlich danach strebe, ein guter Mensch zu werden und einem höchsten Gericht zu entsprechen, sondern, sehr gegensätzlich, die ganze Menschen- und Tiergemeinschaft zu überblicken, ihre grundlegenden Vorlieben, Wünsche, sittlichen Ideale zu erkennen, sie auf einfache Vorschriften zurückzuführen, und mich in dieser Richtung möglichst bald dahin zu entwickeln, daß ich durchaus allen wohlgefällig würde, und zwar (hier kommt der Sprung) so wohlgefällig, daß ich, ohne die allgemeine Liebe zu verlieren, schließlich, als der einzige Sünder, der nicht gebraten wird, die mir innewohnenden Gemeinheiten offen, vor aller Augen, ausführen dürfte. Zusammengefaßt kommt es mir also nur auf das Menschengericht an und dieses will ich überdies betrügen, allerdings ohne Betrug.« (F. 755 f.)

In ähnlicher Richtung lenkt Kafka ja auch am Ende seines Advokatenbriefes ein, indem er, allerdings durch seinen eigenen Mund, seinen Vater von der Gegenseite her zu Wort kommen läßt. – »Lebensuntüchtig bist Du«, läßt er den Vater auf die Vorwürfe und Schuldanlastungen des Sohnes antworten, »um es Dir aber darin bequem, sorgenlos und ohne Selbstvorwürfe einrichten zu können, beweist Du, daß ich alle Deine Lebenstüchtigkeit Dir genommen und in meine Taschen gesteckt habe. Was kümmert es Dich jetzt, wenn Du lebensuntüchtig bist, ich habe ja die Verantwortung, Du aber streckst Dich ruhig aus und läßt Dich, körperlich und geistig, von mir durchs Leben schleifen.« (H. 222)

Beide Parteien mochten recht haben, das alles mochte nicht bewußt erlogen sein, aber mit gegenseitigen Beschuldigungen – das mußte auch Kafka klar sein – war niemandem geholfen und nichts erklärt. Tatsächlich wußte er es auch besser, wenn es nicht ihn selbst betraf und er sozusagen als Unparteiischer Milena zu bedenken geben konnte: »... eine der unsinnigsten Sachen auf diesem Erdenrund ist die ernste Behandlung der Schuldfrage, so scheint es mir wenigstens. (...) Gewiß bist Du schuld, aber dann ist auch Dein Mann schuld und dann wieder Du und dann wieder er, wie eben bei einem menschlichen Zusammenleben es nicht anders sein kann, und die Schuld häuft sich an in unendlicher Reihe bis zur grauen Erbsünde, aber was kann es mir für meinen heutigen Tag ... nützen, in der ewigen Sünde herumzustöbern?« (M. 65 f.)

Max Brod, in seiner Kafka-Biographie, korrigiert denn auch das Bild, das sein Freund im »Brief an den Vater« von sich zu geben bemüht ist, ganz erheblich durch seine glaubwürdige Zeugenaussage – er hatte guten Einblick in Kafkas Familienverhältnisse –:

»Es ist merkwürdig, daß Kafka, der bei Beurteilung von literarischen Werken nichts so stark ablehnte wie jede Art von ›Konstruktionen‹, welche ohne den Atem des organischen und immer unerwartet hervorblühenden Lebens sich an willkürlichen starren, begrifflichen Zusammenhängen forthaspeln – daß er hier selbst auf Konstruktionen verfällt, in die er neben Richtigem doch auch Halbes oder Übertriebenes einschachtelt. So will er auch seine schriftstellerische Arbeit unter den Gesamttitel ›Fluchtversuch vor dem Vater‹ einreihen, als ob seine Freude am Künstlerischen, sein schöpferisches Glück nicht aus eigener Kraft auf eigenen Füßen gestanden wären. Der ihm Nahestehende hatte jedenfalls ein anderes Bild als das eines von der Vater-Imago Gehetzten, ...« (FK. 33 f.)

Betrug ohne Betrug, so dürfen wir getrost diesen unseligen Entschuldigungsversuch nennen – unselig deshalb, weil überhaupt keine Schuld vorliegen konnte, wo eine Bestimmung im Begriff war, sich zu erfüllen –; Kafka wußte es im Grunde sehr genau und am Ende des Briefes gesteht er es sich ein: »So können natürlich die Dinge in Wirklichkeit nicht aneinanderpassen, wie die Beweise in meinem Brief, das Leben ist mehr als ein Geduldspiel ...« (H. 223)

Selbst wenn sich aber von der Psychologie objektive Symptome einer Krankheit Kafkas eruieren ließen, die eben etwa auf gelegentliche psychische Impotenz, auf einen Vaterkomplex oder einen Verfolgungswahn hindeuten könnten, was wäre damit schon erreicht? Oder gar erklärt? Etwa ein Genie als Folge einer psychischen Störung?

Das Schreiben ist ja, wie wir gesehen haben, die Tiefe von Kafkas Wunde oder, um das häßliche Wort zu gebrauchen, Krankheit, ihre Rechtfertigung. Wie sollte es dann umgekehrt von der Krankheit abgeleitet oder, was dasselbe ist, durch sie erklärt werden können? – Mein Wesen ist Angst, ich bin nichts anderes als Literatur, ich habe großartige, eingeborene asketische Fähigkeiten, sagt Kafka. Wo wäre da, wo einer gegen das Leben auserwählt ist, auch nur der geringste Raum für Krankheit, oder anders ausgedrückt für Kausalität. Ursache und Wirkung haben in der lückenlosen Fügung eines Lebens so wenig zu suchen wie bei der Frage um die Priorität von Henne oder Ei.

»Du sagst, daß du es nicht verstehst.« – Sagt Kafka gegen Ende seines Lebens, wir kennen diesen Abschnitt schon, begreifen ihn jetzt aber besser: »Such es zu verstehn, indem du es Krankheit nennst. Es ist eine der vielen Krankheitserscheinungen, welche die Psychoanalyse aufgedeckt zu haben glaubt. Ich nenne es nicht Krankheit und sehe in dem therapeutischen Teil der Psychoanalyse einen hilflosen Irrtum. Alle diese angeblichen Krankheiten, so traurig sie auch aussehen, sind Glaubenstatsachen, Verankerungen des in Not befindlichen Menschen in irgendwelchem mütterlichen Boden; so findet ja auch die Psychoanalyse als Urgrund der Religionen auch nichts anderes als was die ›Krankheiten‹ des einzelnen begründet, allerdings fehlt heute die religiöse Gemeinschaft, die Sekten sind zahllos und meist auf Einzelpersonen beschränkt, aber vielleicht zeigt sich das so nur dem von der Gegenwart befangenen Blick. Solche Verankerungen, die wirklichen Boden fassen, sind aber doch nicht ein einzelner Besitz des Menschen, sondern in seinem Wesen vorgebildet und nachträglich sein Wesen (auch seinen Körper) noch weiter in dieser Richtung umbildend. Hier will man heilen?«

Bis zu dieser Stelle ist uns der Text bekannt, und es ist nach all den vorangegangenen Überlegungen dazu auch weiter nichts zu sagen. Außer vielleicht, daß »einzeln« in diesem Kontext wohl den Stellen-

wert von »zufällig« hat. – Kafka fährt aber fort – und damit kommen wir zur Aufklärung der auf den ersten Blick wohl etwas seltsam anmutenden alphabetisch rückläufigen Abfolge der drei Hauptkapitel:

»In meinem Fall kann man sich drei Kreise denken, einen innersten A, dann B, dann C. Der Kern A erklärt dem B, warum dieser Mensch sich quälen und sich mißtrauen muß, warum er verzichten muß, warum er nicht leben darf. (War nicht zum Beispiel Diogenes in diesem Sinne schwerkrank? Wer von uns wäre nicht glücklich unter dem strahlenden Blick Alexanders gewesen? Diogenes aber bat ihn verzweifelt, die Sonne freizugeben. Dieses Faß war von Gespenstern voll.) C, dem handelnden Menschen, wird nicht mehr erklärt, ihm befiehlt bloß schrecklich B; C handelt unter strengstem Druck, aber mehr in Angst, als in Verständnis, er vertraut, er glaubt, daß A dem B alles erklärt und B alles richtig verstanden hat.« (H. 335 f., vgl. auch M. 188 f.)

Im ersten Kapitel haben wir uns mit C befaßt, dem handelnden Menschen Kafka, der, nicht wissend um das Gesetz, dem er gehorcht, aber im untrüglichen Gefühl der Zwanghaftigkeit seines Tuns, sich damit abmüht, an seiner Stufe zu scheitern.

Im zweiten Kapitel haben wir B beschrieben, den Meldeläufer zwischen A und C, der, irgendwie mit A in Verbindung stehend, von seiner höheren Warte aus die Gesetzmäßigkeit und den höheren Sinn von C's Scheitern in Hinblick auf A durchschaut, das zunehmende Bewußtsein Kafkas von der Notwendigkeit seines Handelns und die damit parallelgehende zunehmende Identifikation mit seinem Schicksal, das er in seinem Wesen erkennt und anerkennt.

Bleibt noch A, der Kern C's, von dem er unbewußt ausgeht und auf den er als Zielpunkt durch die Vermittlung B's immer bewußter wieder zustrebt. A soll dieses dritte und letzte Kapitel gewidmet sein, dem, woraus und wohin sich C entwickelt, Ursprung und Ziel zugleich, dem Omega in Alpha: der letzten Einheit Kafkas, seiner Entelechie. So wie die konzentrischen Kreise, je näher sie dem Zentrum liegen, immer kleiner werden, so nimmt der Umfang der Kapitel in dem Maße ab, in dem ihre Inhalte zentraler werden.

2. Die Freiheit zur Notwendigkeit

Was man gemeinhin als Krankheit bezeichnet und so auf eine Ursache zurückzuführen zu können meint, ist in Wahrheit »nicht ein einzelner auswechselbarer Besitz des Menschen«, sagt Kafka, »sondern in seinem Wesen vorgebildet und nachträglich sein Wesen (auch seinen Körper) noch in dieser Richtung weiterbildend«. (M. 188) – In seinem Wesen vorgebildet und sein Wesen in Richtung Vorbildung weiterbildend: das ist der Charakter oder, mit ihm identisch, das Schicksal des Menschen.

Damit sind wir wieder bei jenem Paradoxon menschlicher Existenz, das wir im »Prozeß«-Roman dichterisch gestaltet fanden und das wir als Einheit von Prozeß und Procedere zu fassen versuchten: Prozeß als das über den Menschen Verhängte, Procedere als die Erfüllung dieses Verhängnisses durch den Menschen, zwei Erscheinungsformen desselben Schicksals. – In unserem Modell der drei konzentrischen Kreise müßten wir den Prozeß dem innersten Kreis A zuordnen, das Procedere dem äußersten C. Im Roman fehlte der Kreis B, das zwischen A und C vermittelnde Bewußtsein ihrer Einheit. Eben deshalb standen sich, wie wir sagten, die zwei Formen von Schicksal – in ihrer Identität noch unerkannt – unversöhnt gegenüber. Der »Prozeß«-Roman war aus der Perspektive C's, des sein unbekanntes Gesetz erfüllenden handelnden Menschen K. geschrieben. Inzwischen haben wir mit Kafka eine Bewußtseinsentwicklung durchgemacht, wir haben mit ihm die Treppe neben der ewigen ersten Stufe des einsamen Kämpfers erstiegen, haben vom Kreis B aus die Gesetzmäßigkeit von C's Tun erkannt, den Sinn seines Scheiterns, die letztliche Sieghaftigkeit seiner ewigen Niederlage in Hinsicht auf einen höheren Befehl, den er – indem er ihm gehorcht – erfüllt, den Flucht- und Zielpunkt A. Denn der innerste der drei konzentrischen Kreise ist eigentlich ihr Mittelpunkt, ihr Zentrum, in dem sie alle zusammenfallen, A ist der einzige gemeinsame Punkt von C, B und A, die Einheit des Paradoxons, die es nun zu beschreiben gilt, damit wir Kafka in seiner Einzigartigkeit begreifen können. Wir dürfen ob des Modelles nicht vergessen: A ist Kafkas Mittelpunkt, B und C sind seine Kreise, und vor allem: er hat zu dieser scheinbar dreiteiligen Hilfskonstruktion nur gegriffen, um seine letztendliche Einheit verständlich zu machen, um zu zeigen, daß er so notwendig eins mit sich selbst ist, daß da keine Lücke für irgend etwas ist, das nicht zu ihm gehörte. Um die Einheit des Paradoxons Kafka zu verstehen, wird es in der Folge genügen, die Einheit von C und A zu erweisen, des Menschen mit seiner Sendung; wenn diese beiden Kreise in A zusammenfallen, fällt gezwungenermaßen auch der zwischen ihnen liegende Kreis B auf seinen Mittelpunkt zurück.

»Ist es möglich«, fragt Kafka am 16. Oktober 1916 im Tagebuch, »daß ich die Zukunft zuerst in ihren kalten Umrissen mit dem Verstand und dem Wunsch erkenne und erst, von ihnen gezogen und gestoßen, allmählich in die Wirklichkeit dieser gleichen Zukunft komme?« (T. 367) Noch am selben Tag schreibt er – es tönt wie eine nach einer langen Denkpause gegebene Antwort –: »Wir dürfen den Willen, die Peitsche mit eigener Hand über uns schwingen.« (T. 367)

Was zuerst hoffnungsvoll angedeutet wird, die Möglichkeit einer freien Gestaltung der Zukunft und das heißt des Lebens, das als zu Gestaltendes nichts anderes ist als Zukunft, wird zwar nicht zurückgewiesen, aber in die richtigen Relationen gestellt. Wohl ist es so, daß der Mensch die Bestimmung, die er in sich trägt, fühlt, daß er also auch die Zukunft schon ahnen kann, die er durch sein Leben seiner Bestimmung gemäß einholen wird. Aber die Bestimmung selbst entstammt nicht dem eigenen Verstand oder Wunsch, obwohl das so scheinen mag, sondern dem, der oder das uns seine Peitsche freiwillig in die Hand gegeben hat, so daß wir – indem wir sie selbst über unseren Köpfen schwingen, indem wir selbst den Prozeß über uns führen – glauben, einen freien Willen zu haben, während wir in Wahrheit mit diesem freien Willen – der wird nicht bestritten, er wurde uns mit der Peitsche in die Hand gelegt – nur den höheren Willen dessen vollziehen, dem die Peitsche gehört. – Ein Aphorismus aus den »Betrachtungen« erklärt:

»Das Tier entwindet dem Herrn die Peitsche und peitscht sich selbst, um Herr zu werden, und weiß nicht, daß das nur eine Phantasie ist, erzeugt durch einen neuen Knoten im Peitschenriemen des Herrn.« (H. 42)

Der freie Wille erscheint als verlängerter Arm des Schicksals. Das Schicksal bedient sich des freien Willens zu seiner Erfüllung. Oder, so paradox als nur möglich ausgedrückt, unter der Assistenz des freien Willens inszeniert sich das persönliche Schicksal. C hat die Freiheit zu scheitern. Aber A weiß um die Notwendigkeit dessen, was C für Freiheit oder Zufall halten muß. Da C und A zwei Ebenen desselben Kafka sind, sind in ihm Freiheit und Notwendigkeit eins.

Trennen wir nochmals, was wir als Einheit erkennen, indem wir uns auf den Standpunkt C's zurückversetzen. Einerseits muß er, der nur von seiner vordergründigen Realität weiß, wie K. im »Prozeß«, sich einem Willen ausgesetzt fühlen, der nicht nur der seine sein kann, dessen Macht er an seinem Leibe erfährt, den er aber nicht erkennt. Andrerseits muß er, gerade weil er diesen höheren Willen nicht erkennt, sich frei fühlen und in dieser Freiheit verantwortlich und, falls es ihm, wie er meint, nicht gelingt, die Freiheit zu nutzen, wird er unter sich selber leiden, unter der eigenen Schwäche, von der er nicht ahnt, daß sie einer höheren Macht entspringt und entspricht, er wird sich schuldig fühlen, wieder wie K. im »Prozeß«. Schuldgefühl oder

Ohnmacht sind seine Möglichkeiten, auf die unverstandene Lage zu reagieren.

»In der Lage etwa dieser Blume neben mir«, glaubt Kafka in seiner Ohnmacht zu sein – so schreibt er im Juni 1921 an seinen Freund und medizinischen Pfleger Robert Klopstock, »die nicht ganz gesund ist, den Kopf zwar zur Sonne hebt, wer täte das nicht? aber voll geheimer Sorgen ist wegen der quälenden Vorgänge in ihrer Wurzel und in ihren Säften, etwas ist dort geschehn, geschieht noch immer dort, aber sie hat nur sehr undeutliche, quälend undeutliche Nachricht darüber und kann doch nicht jetzt sich niederbeugen, den Boden aufkratzen und nachsehn, sondern muß es den Brüdern nachtun und sich hoch halten, nun sie tut es auch, aber müde.« (B. 332)

Freilich spricht Kafka hier von seiner Lungenkrankheit, aber sie ist ja, wie wir wissen, obwohl echt, gleichzeitig auch Sinnbild seiner Unfähigkeit, mit der Welt zu leben, oder, umgekehrt, seiner Fähigkeit, ohne die Welt nicht zu leben.

»Quälend undeutliche Nachricht darüber«, was im Zentrum geschehen ist und geschieht, hat auch K. auf dem Kreis C, »als die Tür noch geschlossen war, hinter der das Gericht beriet« (B. 317), »während« – scheinbar – »im Leeren« über ihn »beraten wird« (T. 382). Es ist sein Seufzen, das heißt: »Fern, fern geht die Weltgeschichte vor sich, die Weltgeschichte deiner Seele.« (H. 273)

Johannes Urzidil scheint mit seiner Feststellung recht zu haben, die Kreatur erscheine bei Kafka »als Opfer der über sie verhängten Wesensart in ihren verzweifelten Anläufen gegen einen unüberwindlich scheinenden Determinismus«[53]. Doch ist das Gefühl der Ohnmacht eben nur die eine Seite, der das Gefühl der Freiheit, das wir mit negativem Vorzeichen oben Schuldgefühl nannten, gleichberechtigt gegenübersteht. Diese Gleichberechtigung ist eben mit dem Titelbegriff »Freiheit zur Notwendigkeit« gemeint. Kafka hat diesen Terminus nie gebraucht. Aber für seine Überzeugung von der Existenz dessen, was wir damit meinen, sprechen verschiedene, vor allem spätere Eintragungen im Tagebuch oder in den Oktavheften. Am 17. Oktober 1921 reflektiert er seine Entwicklung im Tagebuch: »Dahinter, daß ich nichts Nützliches gelernt habe und mich – was zusammenhängt – auch körperlich verfallen ließ, kann eine Absicht liegen. Ich wollte unabgelenkt bleiben, unabgelenkt durch die Lebensfreude eines nützlichen und gesunden Mannes.« (T. 391) Und noch am selben Tag spinnt er den Gedanken weiter: »Die systematische Zerstörung meiner selbst im Laufe der Jahre ist erstaunlich, es war wie ein langsam sich entwickelnder Dammbruch, eine Aktion voll Absicht. Der Geist, der das vollbracht hat, muß jetzt Triumphe feiern ...« (T. 391)

Das entscheidende Wort »systematisch«, das hier als Synonym für »voll Absicht« gebraucht wird, wird uns später im zusammenfassenden Rückblick vom 24. Januar 1922, diesmal als Substantiv, erneut begegnen. Zunächst aber die dazwischenliegende, selbst von ihrem Inhalt leicht befremdete Schilderung der Anfänge von Kafkas Lebensverzicht in seiner Jugend:

»Was bedeutete diese seit der Kinderzeit vielmals wiederholte Ablehnung? Das gemeinschaftliche, gewissermaßen das öffentliche Leben wurde mir durch die Einladung zugänglich gemacht, die Leistung, die man als Beteiligung von mir verlangte, hätte ich nicht gut, aber leidlich zustande gebracht, das Spielen hätte mich wahrscheinlich nicht einmal allzusehr gelangweilt – trotzdem lehnte ich ab. Ich habe, wenn man es danach beurteilt, unrecht, wenn ich mich beklage, daß mich der Lebensstrom niemals ergriffen hat, daß ich von Prag nie loskam, niemals auf Sport oder auf ein Handwerk gestoßen wurde und dergleichen – ich hätte das Angebot wahrscheinlich immer abgelehnt, ebenso wie die Einladung zum Spiel.« (T. 393 f.)

Nicht die Welt, scheinen diese Sätze zu bedeuten, war schuld daran, daß Kafka auf sie verzichtete, es war seine freie Entscheidung, wenigstens von C's Gesichtswinkel aus betrachtet.

»Die Entwicklung war einfach«, heißt es in der vorweg angekündigten Notiz: »Als ich noch zufrieden war, wollte ich unzufrieden sein und stieß mit allen Mitteln der Zeit und der Tradition, die mir zugänglich waren, in die Unzufriedenheit, nun wollte ich zurückkehren können. Ich war also immer unzufrieden, auch mit meiner Zufriedenheit. Merkwürdig, daß aus Komödie bei genügend Systematik Wirklichkeit werden kann. Mein geistiger Niedergang begann mit kindischem, allerdings kindisch-bewußtem Spiel. Ich ließ zum Beispiel Gesichtsmuskeln künstlich zusammenzucken, ich ging mit hinter dem Kopf gekreuzten Armen über den Graben. Kindlich-widerliches, aber erfolgreiches Spiel. (Ähnlich war es mit der Entwicklung des Schreibens, ...) Wenn es möglich ist, auf diese Weise das Unglück herbeizuzwingen, sollte alles herbeizwingbar sein. Ich kann, so sehr mich die Entwicklung zu widerlegen scheint und so sehr es überhaupt meinem Wesen widerspricht, so zu denken, auf keine Weise zugeben, daß die ersten Anfänge meines Unglücks innerlich notwendig waren, sie mögen Notwendigkeit gehabt haben, aber nicht innerliche, sie kamen angeflogen wie Fliegen und wären so leicht wie sie zu vertreiben gewesen.« (T. 404 f.)

Natürlich fällt Kafka hier zugunsten des freien Willens und zu seinen Ungunsten, der mit ihm nichts besseres anzufangen wußte, einer Täuschung zum Opfer, die ihm, der ja wußte, daß nur möglich ist, was geschieht, sehr wohl bewußt gewesen sein dürfte. Mit den Augen C's die Sache anschauend, hat er allerdings recht.

Alles hat als Spiel begonnen, behauptet er, und nachdem er sich selbst im Spiel die Richtung gegeben hat, ist es ihm in der Folge aus den Händen geglitten und hat ihn – aus dem Spiel ist inzwischen Gesetz geworden – mit sich fortgerissen. Ihn, der es gleichzeitig immer noch weiter voranpeitscht. Das würde heißen, es habe einmal eine Zeit gegeben, in der es noch Zeit gewesen wäre für ein anderes Leben. Kafka weiß genau, daß es die Zeit, in der es noch Zeit war, nie gab, daß es für etwas anderes als sich selbst immer zu spät gewesen ist. Und er gesteht es sich in der nächsten Eintragung, noch am selben Tag, ein:

»Mir scheint es ..., als wäre ich gar nicht hierhergekommen, sondern schon als kleines Kind hingedrängt und dort mit Ketten festgehalten worden, nur das Bewußtsein des Unglücks dämmerte allmählich auf, das Unglück selbst war fertig, es bedurfte nur eines durchdringenden, keines prophetischen Blicks, um es zu sehn.« (T. 405)

An Milena hat er einmal geschrieben: »Dieser Krug war schon zerbrochen, lange noch ehe er zum Brunnen ging.« (M. 191)

Das ist deutlich genug. Kafka gibt ja auch im fraglichen Abschnitt zu, daß das Spiel bewußt war, also kein Kind des Zufalls, sondern eben doch der mit wenig Überzeugungskraft geleugneten Notwendigkeit. Nicht nur die Entwicklung spricht für sie, das räumt er ja ein, sondern auch Kafkas Wesen, dem es ganz und gar widerspricht, die Dinge einseitig zu sehen. – Einseitig, ja geradezu ein Hohelied auf den freien Willen scheint auf den ersten Blick auch der längste und vielleicht zentrale Aphorismus aus den »Betrachtungen« zu sein. Er trägt die Nummer 89 und lautet:

»Ein Mensch hat freien Willen, und zwar dreierlei:

Erstens war er frei, als er dieses Leben wollte; jetzt kann er es allerdings nicht mehr rückgängig machen, denn er ist nicht mehr jener, der es damals wollte, es wäre denn insoweit, als er seinen damaligen Willen ausführt, indem er lebt.

Zweitens ist er frei, indem er die Gangart und den Weg dieses Lebens wählen kann.

Drittens ist er frei, indem er als derjenige, der einmal wieder sein wird, den Willen hat, sich unter jeder Bedingung durch das Leben gehen und auf diese Weise zu sich kommen zu lassen, und zwar auf einem zwar wählbaren, aber jedenfalls derartig labyrinthischen Weg, daß er kein Fleckchen dieses Lebens unberührt läßt.« (H. 50)

Diese Position – was sie im einzelnen bedeutet, ist für uns unwichtig, wichtig ist nur die Betonung des freien Willens – ist nun dermaßen extrem, daß sie, wie könnte es anders sein, das andere Extrem berührt. Aber, und das ist das Überraschende oder eigentlich nur das für Kafka Typische: das eine Extrem schlägt nun nicht ins andere um, sondern die Extreme halten sich in der Berührung gegenseitig stand und etablieren sich so als jene Einheit, von der unsere Analyse ausgegangen ist. Der Aphorismus setzt sich nämlich fort:

»Das ist das Dreierlei des freien Willens, es ist aber auch, da es gleichzeitig ist, ein Einerlei und ist im Grunde so sehr Einerlei, daß es keinen Platz hat für einen Willen, weder für einen freien noch unfreien.« (H. 50)

Am 10. Februar 1918 nimmt Kafka im vierten Oktavheft die Quintessenz des später (am 22. Februar 1918) geschriebenen Aphorismus gleichsam vorweg, indem er schreibt: »Freiheit und Gebundenheit ist im wesentlichen Sinn eines.« (H. 113)

So wesentlich offenbar ist dieser Sinn, daß er sich sogar der Grammatik bemächtigt und die erwartete Pluralform des Hilfsverbs durch den Singular der Einheit ersetzt.

»In welchem wesentlichen Sinn?« (H. 113) schließt sich die Frage an. In dem Sinn, dem die paradoxe Form der Überschrift, unter der dieses Kapitel steht, gerecht zu werden versucht, in dem Sinn, daß der Mensch, indem er das Schicksal selber wählt, das über ihn verhängt ist seit jeher, seine Bestimmung lebend, zu sich selber kommt, zu seiner Notwendigkeit, die sowohl äußere als auch innere Notwendigkeit ist.

A ist unterwegs zu C, C ist unterwegs zu A. Vermittels B streben sie einander zu. Da alle drei derselbe Mensch sind, kann man sagen, in der zunehmenden Selbsterkenntnis verwirklicht sich K. Aus K. im Prozeß wird K. auf dem Weg zum Schloß, aus dem seine Berufung ergangen ist. So sehr wird »Er« eins mit seinem Schicksal, daß Kafka von ihm sagen kann: »Sein eigener Stirnknochen verlegt ihm den Weg, an seiner eigenen Stirn schlägt er sich die Stirn blutig.« (BK. 280) – Ein den Wahnsinn geradezu herausforderndes Bild von der Gewalt eines Goya, das aber an Intensität noch übertroffen wird durch die unheimliche Ruhe und Abgeklärtheit eines anderen, in dem sich dieselbe Auswegslosigkeit der künstlerischen Existenz darstellt:

»Ich bin gewohnt, in allem meinem Kutscher zu vertrauen. Als wir an eine hohe weiße seitwärts und oben sich langsam wölbende Mauer kamen, die Vorwärtsfahrt einstellten, die Mauer entlang fahrend, sie betasteten, sagte schließlich der Kutscher: ›Es ist eine Stirn.‹« (H. 153)

3. Das persönliche Gesetz

»Es genügt, daß die Pfeile genau in die Wunden passen, die sie geschlagen haben«, hat Kafka gesagt. (20. Januar 1922, T. 401)

Wenn man das Bild, das dieser Satz hinwirft, lange und intensiv genug betrachtet, dann beginnt die Starre der Vollendung von ihm abzufallen und die Bewegung seiner Entstehung wiederholt sich, dem Auge kaum wahrnehmbar, unendlich langsam. Und dann ist es, als sähen wir nicht nur die Pfeile, die aus dem Unendlichen kommen, tiefer und tiefer ins Fleisch eindringen, sondern gleichzeitig das Fleisch ihnen entgegen- und um ihre Spitzen herumwachsen. Ein Bild der grausamsten Harmonie von außen und innen. Es ist weder kausallogisch noch paradox, wenn die Pfeile genau in die Wunden passen, die sie geschlagen haben. Da ist alles so sehr eins – die Form der Pfeile ist ohne die Form der Wunden nicht denkbar, die wiederum erst durch die Form der Pfeile hervorgerufen wird –, daß gar kein Zwischenraum ist für Ketten der Logik oder Gegenlogik. Um diese Einheit überhaupt verstehen zu können, ist es unabdingbar, daß wir sie in oben beschriebener Weise in ihrem Werden begreifen.

Von diesem Werden, von diesem Einander-entgegen-Wachsen der

Pfeile und ihrer Wunden, dem Sich-entgegen-Streben von A und C, durch B hindurch, sprechen Kafkas Erzählungen aus der thematischen Umgebung des Schlosses. Beginnen wir mit »Eine kaiserliche Botschaft«:

»Der Kaiser – so heißt es – hat Dir, dem Einzelnen, dem jämmerlichen Untertanen, dem winzig vor der kaiserlichen Sonne in die fernste Ferne geflüchteten Schatten, gerade Dir hat der Kaiser von seinem Sterbebett aus eine Botschaft gesendet. Den Boten hat er beim Bett niederknien lassen und ihm die Botschaft ins Ohr zugeflüstert; so sehr war ihm an ihr gelegen, daß er sich sie noch ins Ohr wiedersagen ließ. Durch Kopfnicken hat er die Richtigkeit des Gesagten bestätigt. Und vor der ganzen Zuschauerschaft seines Todes – alle hindernden Wände werden niedergebrochen und auf den weit und hoch sich schwingenden Freitreppen stehen im Ring die Großen des Reichs – vor allen diesen hat er den Boten abgefertigt. Der Bote hat sich gleich auf den Weg gemacht; ein kräftiger, ein unermüdlicher Mann; einmal diesen, einmal den andern Arm vorstreckend schafft er sich Bahn durch die Menge; findet er Widerstand, zeigt er auf die Brust, wo das Zeichen der Sonne ist; er kommt auch leicht vorwärts, wie kein anderer. Aber die Menge ist so groß; ihre Wohnstätten nehmen kein Ende. Öffnete sich freies Feld, wie würde er fliegen und bald wohl hörtest Du das herrliche Schlagen seiner Fäuste an Deiner Tür. Aber statt dessen, wie nutzlos müht er sich ab; immer noch zwängt er sich durch die Gemächer des innersten Palastes; niemals wird er sie überwinden und gelänge ihm dies, nichts wäre gewonnen; die Treppen hinab müßte er sich kämpfen; und gelänge ihm dies, nichts wäre gewonnen, die Höfe wären zu durchmessen und nach den Höfen der zweite umschließende Palast; und so weiter durch Jahrtausende; und stürzte er endlich aus dem äußersten Tor – aber niemals kann es geschehen – liegt erst die Residenzstadt vor ihm, die Mitte der Welt, hochgeschüttet voll ihres Bodensatzes. Niemand dringt hier durch und gar mit der

Botschaft eines Toten. – Du aber sitzt an Deinem Fenster und erträumst sie Dir, wenn der Abend kommt.« (DE. 143 f.)

Das ist die ganze Geschichte. Ganz einfach scheint sie zu sein, fast geometrisch ist sie gebaut. Und wieder in konzentrischen Kreisen. Was wir als Bild des Menschen schon kennen, findet sich hier wieder, erweitert zum Weltbild. Ganz innen, in der Mitte der Mitte der Welt, der Residenzstadt, die in ihrem Wappen die Sonne führt, genau vom Mittelpunkt der Welt aus sendet der Kaiser seine Botschaft. Schon während er sie seinem Boten ins Ohr flüstert, liegt er im Sterbebett, an der Stelle, an der einst auch sein Thron gestanden haben mag. Während der Bote unterwegs ist mit der Botschaft des Kaisers der Mitte, wird er sterben; er wird tot sein, während die Sendung, die von ihm ausgeht, ihn überlebt, ihr autonomes Leben führt, auf ihrem unendlichen Weg nach außen, in Richtung des Empfängers, für den sie bestimmt war und ist. Sie kann in Ewigkeit nicht mehr rückgängig gemacht werden. Der Kaiser ist tot, er kann sie nicht zurücknehmen. »Denn er ist nicht mehr jener, der es damals wollte«, können wir sagen, indem wir uns auf den Aphorismus über das Einerlei des Willens besinnen: er ist überhaupt nicht mehr, »es wäre denn insoweit«, fährt der Aphorismus fort, »als er seinen damaligen Willen ausführt, indem er lebt« (H. 50), das heißt in der Erzählung: indem er in seiner Sendung weiterlebt, solange sie unterwegs ist und bis sie ankommt.

Der Bote, dem er sich mit ihr anvertraut, erinnert – nicht nur wegen seines Anfangsbuchstabens – an B aus dem Modell, dem A eine Erklärung über C abgibt, die diesen aber niemals erreicht. Zuviele ringförmig umeinander angelegte Paläste und Höfe sind zu durchbrechen. Zuviele für ein Menschenleben. Freilich, öffnete sich endlich freies Feld, wie würde der Bote fliegen ... Wie ein Pfeil, vielleicht? –

Und zuäußerst, auf dem äußersten Kreis, außerhalb der äußersten Ringmauer des kaiserlichen Sonnenreiches lebst Du, C, der jämmerliche Einzelne. Und ausgerechnet ihm gilt die Botschaft des toten Kaisers, für ihn ist die Sendung bestimmt, die immer auf ihn zukommt und ihn nie erreicht. Schon wird es dort draußen, im Schatten der fernsten Ferne, Abend.

Aber, und damit wechselt die Erzählung in ihrem letzten Satz plötzlich die Perspektive – bisher war unser Standpunkt im Zentrum, vom Sterbebett des Kaisers aus haben wir den Gang des Boten verfolgt, haben ihn wegfliegen sehen und immer kleiner werden, haben gesehen, wie er Tor um Tor hinter sich ließ, bis er in der Ferne verschwand, hinter der wir die fernste Ferne nur noch ahnen konnten, zu der unser Auge nicht reicht und in der ein Mensch hoffnungsvoll oder verzweifelt wartet –, jetzt also sind wir plötzlich da, wo unser Blick noch kurz zuvor nicht hinreichte, und schauen dem Boten entgegen, der noch nirgends zu sehen ist, auch in der fernsten Ferne nicht – über die äußerste Ringmauer hinweg vermögen wir ohnehin nicht zu sehen, wir ahnen nur den Glanz, der von der Mitte des Reiches ausgehen muß. Und in dem der Bote reitet –, wir sind jetzt der, der auf seine Sendung wartet und von dem die letzten Worte sagen: »Du aber sitzt an Deinem Fenster und erträumst sie Dir, wenn der Abend kommt.« – Vielleicht ist auch jetzt, da die Nacht über unserer Provinz hereinbricht, fern am Horizont, über der Ringmauer, vor der unser Platz ist, etwas vom Leuchten der Sonne zu sehen, zu deren Reich wir, auch wir hier draußen, gehören. Vielleicht stehen wir »Vor dem Gesetz«?

»Vor dem Gesetz steht ein Türhüter. Zu diesem Türhüter kommt ein Mann vom Lande und bittet um Eintritt in das Gesetz. Aber der Türhüter sagt, daß er ihm jetzt den Eintritt nicht gewähren könne. Der Mann überlegt und fragt dann, ob er also später werde eintreten dürfen. ›Es ist möglich‹, sagt der Türhüter, ›jetzt aber nicht.‹ Da das Tor zum Gesetz offensteht wie immer und der Türhüter beiseite tritt, bückt sich der Mann, um durch das Tor in das Innere zu sehn. Als der

Türhüter das merkt, lacht er und sagt: ›Wenn es dich so lockt, versuche es doch, trotz meines Verbotes hineinzugehn. Merke aber: Ich bin mächtig. Und ich bin nur der unterste Türhüter. Von Saal zu Saal stehn aber Türhüter, einer mächtiger als der andere. Schon den Anblick des dritten kann nicht einmal ich mehr ertragen.‹ Solche Schwierigkeiten hat der Mann vom Lande nicht erwartet; das Gesetz soll doch jedem und immer zugänglich sein, denkt er, aber als er jetzt den Türhüter in seinem Pelzmantel genauer ansieht, seine große Spitznase, den langen, dünnen, schwarzen tatarischen Bart, entschließt er sich, doch lieber zu warten, bis er die Erlaubnis zum Eintritt bekommt. Der Türhüter gibt ihm einen Schemel und läßt ihn seitwärts von der Tür sich niedersetzen. Dort sitzt er Tage und Jahre. Er macht viele Versuche, eingelassen zu werden, und ermüdet den Türhüter durch seine Bitten. Der Türhüter stellt öfters kleine Verhöre mit ihm an, fragt ihn über seine Heimat aus und nach vielem andern, es sind aber teilnahmslose Fragen, wie sie große Herren stellen, und zum Schlusse sagt er ihm immer wieder, daß er ihn noch nicht einlassen könne. Der Mann, der sich für seine Reise mit vielem ausgerüstet hat, verwendet alles, und sei es noch so wertvoll, um den Türhüter zu bestechen. Dieser nimmt zwar alles an, aber sagt dabei: ›Ich nehme es nur an, damit du nicht glaubst, etwas versäumt zu haben.‹ Während der vielen Jahre beobachtet der Mann den Türhüter fast ununterbrochen. Er vergißt die andern Türhüter und dieser erste scheint ihm das einzige Hindernis für den Eintritt in das Gesetz. Er verflucht den unglücklichen Zufall, in den ersten Jahren rücksichtslos und laut, später, als er alt wird, brummt er nur noch vor sich hin. Er wird kindisch, und, da er in dem jahrelangen Studium des Türhüters auch die Flöhe in seinem Pelzkragen erkannt hat, bittet er auch die Flöhe, ihm zu helfen und den Türhüter umzustimmen. Schließlich wird sein Augenlicht schwach, und er weiß nicht, ob es um ihn wirklich dunkler wird, oder ob ihn nur seine Augen täuschen. Wohl aber erkennt er jetzt im

Dunkel einen Glanz, der unverlöschlich aus der Türe des Gesetzes bricht. Nun lebt er nicht mehr lange. Vor seinem Tode sammeln sich in seinem Kopfe alle Erfahrungen der ganzen Zeit zu einer Frage, die er bisher an den Türhüter noch nicht gestellt hat. Er winkt ihm zu, da er seinen erstarrenden Körper nicht mehr aufrichten kann. Der Türhüter muß sich tief zu ihm hinunterneigen, denn der Größenunterschied hat sich sehr zuungunsten des Mannes verändert. ›Was willst du denn jetzt noch wissen?‹ fragt der Türhüter, ›du bist unersättlich.‹ ›Alle streben doch nach dem Gesetz‹, sagt der Mann, ›wieso kommt es, daß in den vielen Jahren niemand außer mir Einlaß verlangt hat?‹ Der Türhüter erkennt, daß der Mann schon an seinem Ende ist, und, um sein vergehendes Gehör noch zu erreichen, brüllt er ihn an: ›Hier konnte niemand sonst Einlaß erhalten, denn dieser Eingang war nur für dich bestimmt. Ich gehe jetzt und schließe ihn.‹« (DE. 135 f.)

Die beiden Erzählungen scheinen tatsächlich ineinanderzupassen wie die Pfeile und die Wunden. Zweimal wird – nur mit umgekehrten Perspektiven – ein analoges Geschehen berichtet. »Vor dem Gesetz« ist aus dem Blickwinkel dessen erzählt, der am Schluß der »Kaiserlichen Botschaft« am Fenster sitzt und in die Nacht hinein der Botschaft entgegenharrt, die er für sich unterwegs weiß. Der Mann vom Lande entspricht jenem einzelnen in der fernsten Ferne der kaiserlichen Provinz. Dem, welchem jener nur entgegenträumt, wenn der Abend kommt, versucht dieser mit allen ihm zur Verfügung stehenden Mitteln sich zu nähern, er will ins Zentrum des Gesetzes vordringen, aus dem er, in der Umnachtung seines Lebensabends, einen unverlöschlichen Glanz hervorbrechen zu sehen meint. Diesem Glänzen, das ihm schwach entgegendringt, entspricht in der veränderten Perspektive der anderen Erzählung der Traum, den der Wartende der Botschaft entgegenträumt. Dort ruht der Mensch, die Botschaft aus dem Innern bewegt sich auf ihn zu. Hier drängt der Mensch sich zum

Gesetz, das hinter tausend Toren im Inneren ruht. Beidemal verbindet den Menschen mit dem Ziel seines Wünschens und Strebens nur eine schwache Ahnung, die zudem erst aufdämmert, wenn es um ihn dunkel wird. Beide Male stehen Mauern und Tore dazwischen, die durchbrochen werden müßten. Und in beiden Erzählungen tritt ein Mittelsmann auf, der dazu da zu sein scheint, über die Hindernisse hinweg Verbindung zu schaffen, der aber den Durchbruch gleichzeitig verhindert. Beide Vermittler oder Verhinderer haben Verbindung mit dem Zentrum: Der Bote wird vom Kaiser selber ausgesandt und scheitert an der – an seinem Menschenleben gemessen – unendlichen Distanz bis hin zu dem, dem er bestimmt ist, er wird seine Nachricht nie ausrichten. – Der Türhüter gehört zum Gesetz, scheint von ihm angestellt zu sein. Der Mann vom Lande bekommt von ihm aber über das Gesetz nicht das geringste zu hören, ihm, »C, dem handelnden Menschen, wird nicht mehr erklärt, ihm befiehlt bloß schrecklich B« (H. 336), dessen Funktion hier der Türhüter innehat. Der Türhüter erscheint als der negative Bote. Das negative Vorzeichen steckt in der Vorsilbe »Ver-« des Verbotes, das er erläßt und in dem das Wort »Bote« ja wirklich enthalten ist. C gehorcht ihm, »aber mehr in Angst, als in Verständnis, er vertraut, er glaubt, daß A dem B alles erklärt und B alles richtig verstanden hat« (H. 336). Was bleibt ihm auch anderes übrig?

»Nicht-Narrheit ist«, hat Kafka schon am 4. Dezember 1913 in sein Tagebuch eingetragen, »vor der Schwelle, zur Seite des Einganges bettlerhaft stehn, verwesen und umstürzen.« (T. 241)

Übrigens scheint der Mann, obwohl es von ihm heißt, solche Schwierigkeiten habe er nicht erwartet, da das Gesetz doch immer und jedem offenstehen solle, damit gerechnet zu haben, daß der Eintritt ins Gesetz ihn sein ganzes Leben kosten würde, hat er doch Vorräte mitgebracht, die trotz aller Verluste durch die Bestechungsversuche bis ins hohe Alter ausreichen.

Nach allem, was wir von ihnen sagen konnten, sind die zwei Erzählungen gegengleich. Sie bezeichnen die zwei Richtungen, in denen dasselbe Gesetz unterwegs ist, um zur Verwirklichung des Menschen zu kommen, zu dem es gehört, einmal im Mandat, auf das der Mensch wartet, dann in der Selbstverwirklichung – wenn auch nur des Wartens –, in der der Mensch seinem Mandat entgegenstrebt. Oder anders ausgedrückt: Der Mensch bewegt sich von zwei Seiten auf das Gesetz zu, das er selber ist, einmal aus dem scheinbar Leeren, das in seinem unbekannten Innern beheimatet ist und das ihm deshalb als das Absolute erscheint, zu dem er keinen Zugang hat, obwohl er es ahnt; dann indem er das, was er von innen her sich in ihm ausprägen fühlt, lebend, je mehr er von ihm weiß desto bewußter, vollzieht. Die kaiserliche Botschaft zielt aus der Mitte auf den Einzelnen an der Peripherie. Dieser Einzelne zielt von der Peripherie aus ins Zentrum des Sonnenreichs. Im Boten und Türhüter begegnen sie sich. – Daß jeder Mensch sein persönliches Gesetz hat, geht aus beiden Erzählungen hervor, erstens aus der Tatsache, daß der Kaiser »gerade Dir« die Botschaft zugedacht hat, zum andern aus den letzten Sätzen des Türhüters: »Hier konnte niemand sonst Einlaß erhalten, denn dieser Eingang war nur für dich bestimmt. Ich gehe jetzt und schließe ihn.«

Beide Erzählungen haben denselben Fluchtpunkt, den Tod. In ihm werden die entgegengesetzten Perspektiven eins. Wenn der Abend kommt, dämmert im Traum die Ahnung auf. Wenn es dunkel wird, bricht der unverlöschliche Glanz aus dem Gesetz. Der Mensch findet sich, sein persönliches Gesetz, sein Selbst, wenn er von beiden Seiten her, aus dem Absoluten und aus dem Subjektiven, die trennende Ringmauer durchstößt und, so mit sich selber zusammenprallend, im gleichen Augenblick sich erfüllt, in dem er stirbt.

4. Am Ende des Weges zum Gesetz: das Schloß

Die Erzählungen »Eine kaiserliche Botschaft« und »Vor dem Gesetz« weisen nur die Richtungen zu diesem Punkt. Beide brechen ab, bevor die Nacht ganz herein- und der Glanz ganz herausbricht, welterfüllend. Der »Schloß«-Roman sollte, wenn wir Max Brod glauben dürfen, diesen Punkt erreichen.

Es mag aufgefallen sein, wie schwer es fällt, zwei Perspektiven derselben Sache sprachlich auf einen Nenner zu bringen. Im »Prozeß«-Roman, in dem sie sich noch unvereinbar gegenüberstanden, ist es Kafka selbst noch nicht restlos geglückt, was zu erreichen wohl – zumindest die Einfügung der Türhüterparabel legt diese Vermutung nahe – schon damals in seinen Absichten lag. In »Eine kaiserliche Botschaft« und »Vor dem Gesetz« gelingt es, indem jeweils einer der Perspektiven der Vorrang gegeben und die zweite nur am Rande – im Traum des Wartenden und im Leuchten aus dem Gesetz – ins Spiel gebracht wird.

Im »Schloß« nun erscheinen die beiden als gleichwertig zur neuen und letzten Einheit verbunden. Von da her – und nur von da her, denn als Kunstwerk kann man ein Produkt, das weder abgeschlossen, noch in seinen fertigen Teilen endgültig überarbeitet worden ist im Hinblick auf das Ganze, das es noch nicht ist, überhaupt nicht beurteilen – von da her also darf man diesen Roman als die Quintessenz von Kafkas Schaffen betrachten.

»Das Schloß« (R. 481–804) ist der Roman des wahren Kafka, der sich nicht mehr der Macht eines unbekannten Absoluten durch den Tod entzieht, sondern der durch ein Leben zum Tod die Vereinigung mit dem Absoluten sucht. Das Hand-in-Hand-Arbeiten von Subjektivem und Absolutem, von innerem und äußerem Gesetz wird hier so evident, daß es sich als letzte Einheit alles Paradoxen statuiert. Pfeile und

Wunden werden zum ununterscheidbaren Ganzen. Das, was aus K. kommt, und das, was aus dem Schloß kommt, bildet eine eigenartige mystische Einheit, die aus der Analogie der Strukturen von Kafkas Selbst- und Weltbild zu verstehen ist.

»Es war spätabends, als K. ankam. Das Dorf lag in tiefem Schnee. Vom Schloßberg war nichts zu sehen, Nebel und Finsternis umgaben ihn, auch nicht der schwächste Lichtschein deutete das große Schloß an. Lange stand K. auf der Holzbrücke, die von der Landstraße zum Dorf führte, und blickte in die scheinbare Leere empor.« (R. 481)

Nichts deutet also das Schloß an; der Sitz des Gesetzes, zu dem K. unterwegs ist, erscheint als Leere. Dennoch hat man den Eindruck, K. wüßte sehr wohl, daß er am Ziel seiner langen Wanderung sei. Das Verbum, mit dem er im ersten Satz eingeführt wird, ist nicht zufällig »ankommen«. »Es war spätabends, als K. ankam.« – Es scheint also einer gewissen Notwendigkeit zu entsprechen, daß er gerade in dieses Dorf am Fuße des Schloßberges kommt.

Andrerseits scheint es auch wieder, mindestens aus seiner Sicht, rein zufällig geschehen zu sein. »In welches Dorf habe ich mich verirrt? Ist denn hier ein Schloß?« (R. 481) fragt er ungläubig die Leute, die auf sein Erscheinen mit Befremden reagieren. K. hat sich also verirrt, aber – wie durch höhere Führung – an den richtigen Ort. Denn sobald er erfährt, daß er im Schloßdorf ist, gibt er zu erkennen, er sei der Landvermesser, der vom Schloß berufen worden sei (R. 482). Und obwohl das etwas sehr nach Notlüge klingt, wird die Berufung, sehr zum Erstaunen K.'s selber, vom Schloß her telefonisch wenigstens halbwegs bestätigt.

»K. horchte auf. Das Schloß hatte ihn also zum Landvermesser ernannt.« (R. 484)

Noch etwas Seltsames geschieht. Um der noch unbewiesenen Behauptung von seinem Mandat gegenüber den Dorfleuten Nachdruck zu verleihen, hat K. offensichtlich gelogen, seine Gehilfen kämen ihm morgen mit den Apparaten im Wagen nach (R. 482). Tatsächlich tauchen am nächsten Tag in Artur und Jeremias – allerdings »aus der Richtung vom Schlosse her« (R. 492) – die zwei Gehilfen auf. K. kennt sie nicht, er hat sie noch nie gesehen: »›Wer seid ihr?‹ fragte er und sah vom einen zum anderen. ›Euere Gehilfen‹, antworteten sie. ›Es sind die Gehilfen‹, bestätigte leise der Wirt. ›Wie?‹ fragte K. ›Ihr seid meine alten Gehilfen, die ich nachkommen ließ, die ich erwarte?‹ Sie bejahten es. ›Das ist gut‹, sagte K. nach einem Weilchen, ›es ist gut, daß ihr gekommen seid.‹ – ›Übrigens‹, sagte K. nach einem weiteren Weilchen, ›ihr habt euch sehr verspätet, ihr seid sehr nachlässig.‹ – ›Es war ein weiter Weg‹, sagte der eine. ›Ein weiter Weg‹, wiederholte K., ›aber ich habe euch getroffen, wie ihr vom Schlosse kamt.‹ – ›Ja‹, sagten sie, ohne weitere Erklärung.« (R. 495)

Eine befremdliche Situation: K. verirrt sich in ein Dorf, das zu einem Schloß gehört, in dem man ihn scheinbar erwartet hat. Er lügt, er habe von diesem Schloß, von dem er bisher gar nicht gewußt hat, eine Berufung erhalten. Die Lüge wird vom Schloß als Wahrheit entlarvt. K. lügt weiter, seine Gehilfen kämen ihm nach. Sie kommen ihm aus dem Schloß entgegen. Und niemand wundert sich besonders darüber, weder die doch zuerst skeptischen Dorfbewohner noch er selbst. »Ohne weitere Erklärung« wird es als selbstverständlich hingenommen: Aus der Leere, in die K. bei seiner Ankunft emporgeblickt hat, kommt er sich selber entgegen.

In dieses eigentümliche Verhältnis von Berufung und Berufenem bringt der Brief, den K. aus dem Schloß erhält und der ihm vom Dorfvorsteher interpretiert wird, etwas Licht. Der entscheidende Satz in diesem klärenden Schreiben lautet: »Sie sind, wie Sie wissen, in die herrschaftlichen Dienste aufgenommen.« (R. 500)

Das tönt zunächst sehr eindeutig und einfach, ist es aber ganz und gar nicht, denn in der Einschiebung steckt ein verfänglicher Doppel-

sinn, über den K. vom Vorsteher aufgeklärt wird. Das »wie Sie wissen« verstärkt nämlich nicht – wie es oberflächlich gelesen den Anschein macht – die Aussage, auf die es sich bezieht, im Gegenteil, es relativiert sie, und zwar in folgender Weise: »Sie sind«, deutet der Vorsteher, und er wird in dem Brief selber zum Gewährsmann ernannt, »nur aufgenommen ›wie Sie wissen‹, das heißt, die Beweislast dafür, daß Sie aufgenommen sind, ist Ihnen auferlegt.« (R. 543)

Die Betonung liegt also nicht auf »wissen« sondern auf dem »Sie«. K. ist es auferlegt, das was zunächst nur er weiß, allgemeingültig werden zu lassen. Und in diesem Kampf um die Rechtfertigung, um den Beweis seiner Aufnahme ins Schloß erschöpft sich schließlich der Roman mit seinem Helden.

Wenn wir der Überlieferung des ungeschriebenen Endes durch Max Brod glauben dürfen – und in diesem Fall ist das Vertrauen durch den Verlauf des vollendeten Teils wohl gerechtfertigt –, und wenn wir gleichzeitig bedenken, daß auch hier Mittelspersonen gleichzeitig einzige Verbindung und Hindernis des Einzelnen auf seinem Weg zum Höchsten sind, dann scheint das »Schloß« wirklich die Weiterführung von »Eine kaiserliche Botschaft« und »Vor dem Gesetz« unter einheitlichem Aspekt zu sein, die Weiterführung bis in die Nacht hinein, bis an den Tod heran.

Ich zitiere aus dem »Nachwort zur ersten Ausgabe« von Max Brod:

»Ein Abschlußkapitel hat Kafka nicht geschrieben. Doch hat er es mir einmal auf meine Frage, wie der Roman enden würde, erzählt. Der angebliche Landvermesser erhält wenigstens teilweise Genugtuung. Er läßt in seinem Kampfe nicht nach, stirbt aber vor Entkräftung. Um sein Sterbebett versammelt sich die Gemeinde, und vom Schloß langt eben die Entscheidung herab, daß zwar ein Rechtsanspruch K.'s, im Dorfe zu wohnen, nicht bestand – daß man ihm aber doch mit Rücksicht auf gewisse Nebenumstände gestatte, hier zu leben und zu arbeiten.« (R. 805)

Die Ankunft, mit der der Roman begonnen hat – das Wort »ankommen« erlaubt sowohl den Blick von den Zinnen des Schlosses herab auf den Ankömmling als auch den Blick aus den müden Augen des Ankommenden auf das Ziel seiner langen Wanderschaft; mit welcher Voraussicht muß es an den Beginn gestellt worden sein –, die Ankunft zieht sich also bis zu seinem Ende hin und hört erst auf in seiner Vollendung: Der Bote kommt an, der Mann tritt ins Schloß ein. Von beiden Seiten, von außen und innen, was nicht mehr zu unterscheiden ist, wird das Trennende gleichzeitig niedergerissen. K. ist tot. Er ist daran gestorben.

Das ist nicht etwa die bittere Ironie des Schicksals, sondern entspricht absoluter Notwendigkeit menschlichen Seins. Am 19. Oktober 1921 beschreibt Kafka im Tagebuch »das Wesen des Wüstenwegs«:

»Ein Mensch«, schreibt er, »der als Volksführer seines Organismus diesen Weg macht, mit einem Rest (mehr ist nicht denkbar) des Bewußtseins dessen, was geschieht. Die Witterung für Kanaan hat er sein Leben lang; daß er das Land erst vor seinem Tod sehen sollte, ist unglaubwürdig. Diese letzte Aussicht kann nur den Sinn haben, darzustellen, ein wie unvollkommener Augenblick das menschliche Leben ist, unvollkommen, weil diese Art des Lebens endlos dauern könnte und doch wieder nichts anderes sich ergeben würde als ein Augenblick. Nicht weil sein Leben zu kurz war, kommt Moses nicht nach Kanaan, sondern weil es ein menschliches Leben war.« (T. 392)

Auf dem Sterbebett also erreicht K. die erlösende Botschaft. Ging sie nicht auch von einem Sterbebett aus? Etwa – wenn wir uns an die Identität von A und C in Kafkas Kreismodell erinnern – gar vom gleichen? Wären etwa die unendlichen Zeiträume, die die Botschaft zu durchmessen hat, nur der »unvollkommene Augenblick«, in dem ein Mensch lebt, während er stirbt? »Daß unsere Aufgabe genau so groß ist wie unser Leben«, schreibt Kafka am 16. Januar 1918 in sein drittes Oktavheft, »gibt ihr einen Schein von Unendlichkeit.« (H. 99)

War K.'s Tod im »Prozeß« noch Versagen oder doch nur teilweise Bewährung, K.'s Tod im »Schloß« bedeutet Erfüllung. Den Unterschied zwischen seinen zwei großen »K« hat Kafka in eine Meditation gefaßt, die Max Brod für die schlechthin entscheidende hält[54] und die ich ohne weitere Erläuterungen an den Schluß unserer Betrachtungen über Kafkas Selbst- und Weltbild stellen will:

»Läufst du immerfort vorwärts, plätscherst weiter in der lauen Luft, die Hände seitwärts wie Flossen, siehst flüchtig im Halbschlaf der Eile alles an, woran du vorüberkommst, wirst du einmal auch den Wagen an dir vorüberrollen lassen. Bleibst du aber fest, läßt mit der Kraft des Blicks die Wurzeln wachsen tief und breit – nichts kann dich beseitigen und es sind doch keine Wurzeln, sondern nur die Kraft deines zielenden Blicks –, dann wirst du auch die unveränderliche dunkle Ferne sehn, aus der nichts kommen kann als eben nur einmal der Wagen, er rollt heran, wird immer größer, wird in dem Augenblick, in dem er bei dir eintrifft, welterfüllend und du versinkst in ihm wie ein Kind in den Polstern eines Reisewagens, der durch Sturm und Nacht fährt.« (H. 352)

5. Der archimedische Punkt

Ursprung aller wahren Kunst ist wohl der eingeborene Zwang des Künstlers, sich selbst dem Unverständlichen abzutrotzen. Als Dichter tat Kafka dies, indem er sich schrieb.

»Eine Art Ahnung der Organisation eines solchen Lebens bekommen« (T. 315), vermerkte er am 15. Oktober 1914 im Tagebuch. Das ist an sich nichts Außergewöhnliches. Aber Kafka ging einen entscheidenden Schritt weiter. Schreibend suchte er nicht nur nach dem Gesetz, das er lebte, sondern er trat gleichsam einen Schritt hinter sich zurück – das ist sein Schritt nach vorn – und suchte das Gesetz seines

Schreibens, seiner spezifischen Art der Teilnahme am Leben. Er schrieb nicht nur symbolisch, er schrieb das Symbol, das er selber war, in seiner Existenz als Künstler: das Symbol Kafka. Er goß es in die Form der Parabel, die, im Endlichen gründend, über sich hinaus ins Unendliche, Unaussprechbare weist.

»Es handelt sich darum«, sagte er einmal in einem Gespräch mit Janouch, »den Zusammenhang der Dinge und Zeit zu erfassen, sich selbst zu entziffern, das eigene Werden und Vergehen zu durchdringen.« (J. 208)

Und dann wies er mit Nachdruck auf einige Zeilen hin, die er in einem altchinesischen Philosophiebuch, dem »Wahren Buch vom südlichen Blütenland«, angestrichen hatte. Sie lauten: »Wenn man sich in Anpassung an die Verhältnisse wandelt und dabei doch ein und derselbe bleibt, so ist das in Wirklichkeit kein Wandel. Man bleibt ruhig im Wandel und bleibt ruhig im Nichtwandel; man bleibt ruhig bei allen Berührungen mit der Außenwelt und läßt sich nicht in die Vielheit hineinreißen.« (Zitiert aus J. 208 f.)

Sich selbst im Zusammenhang der Dinge und Zeit entziffern: das Gesetz im Prozeß, Ruhe im Wandel und Nichtwandel, Dauer im Wechsel – Kafka, Taoismus, Goethe; wenn man das so nebeneinander liest, dann spürt man plötzlich, wie nah verwandt das wirklich Große dieser Welt sich ist, was es in seiner tiefsten Tiefe verbindet: »... die Angst vor dem Tod und das Verlangen ihn zu widerlegen.« (BK. 287 und H. 421)

Den Tod widerlegen ... Daß das heißt: sich selbst widerlegen, daß Genie nur mit einem Leben erkauft werden kann, ist eine der tragischen Ironien dieser Welt.

Kafka wußte es: »Die ungeheure Welt, die ich im Kopfe habe. Aber wie mich befreien und sie befreien, ohne zu zerreißen. Und tausendmal lieber zerreißen, als in mir sie zurückhalten oder begraben. Dazu bin ich ja hier, das ist mir ganz klar.« (T. 219)

Er wußte es nicht nur, er war auch damit einverstanden.

»›Wenn (du vom Baume der Erkenntnis ißt)[55], mußt du sterben‹, bedeutet«, schrieb er: »Die Erkenntnis ist beides, Stufe zum ewigen Leben und Hindernis vor ihm. Wirst du nach gewonnener Erkenntnis zum ewigen Leben gelangen wollen – und du wirst nicht anders können als es wollen, denn Erkenntnis ist dieser Wille –, so wirst du dich, das Hindernis, zerstören müssen, um die Stufe, das ist die Zerstörung, zu bauen.« (H. 105 f.)

Wenn einmal der Punkt erreicht ist, an dem es »keine Rückkehr mehr« gibt[56], heißt das, dann wirst du das ewige Leben wollen müssen, du wirst nicht anders können, als den Tod zu widerlegen, und um den Tod zu widerlegen, wirst du sterben müssen, um aus deinem Sterben die Stufe zu bauen zu dem, was dich überleben wird.

Kafka fährt fort: »Die Vertreibung aus dem Paradies war daher keine Tat, sondern ein Geschehen.« (H. 106)

Die Vertreibung war keine Tat des Engels, wohl aber war der Auszug dessen, der sich vertreiben ließ, um sich zu finden, eine Tat. Wie Trakl in »Traumland« von sich sagen konnte, seine Seele gehe nach dem Leiden[57], so litt auch Kafka nicht eigentlich unter dem Schwert des Engels, der ihn gegen das Leben erwählte, sondern er ging den Weg des Leidens, seinen Wüstenweg.

»Er hat den archimedischen Punkt gefunden, hat ihn aber gegen sich ausgenützt, offenbar hat er ihn nur unter dieser Bedingung finden dürfen.« (H. 418)

Um den Angelpunkt außerhalb der Welt zu finden, zu der der Tod gehört, mußte Kafka sich selber aus den Angeln heben, die wir unsere Welt nennen.

Ausgaben und Abkürzungsschlüssel

R Franz Kafka, »Die Romane«; Zürich: Ex Libris 1966, Herausgeber: Max Brod
E Franz Kafka, »Erzählungen«; Frankfurt a. M.: S. Fischer 1952, Herausgeber: Max Brod
DE Franz Kafka, »Die Erzählungen«; Lizenzausgabe des S. Fischer Verlages Frankfurt a. M. für Ex Libris Zürich, o. J., Copyright 1953 by Schocken New York, Herausgeber: Klaus Wagenbach
BK Franz Kafka, »Beschreibung eines Kampfes. Novellen, Skizzen, Aphorismen aus dem Nachlaß«; Frankfurt a. M.: S. Fischer 1946, Herausgeber: Max Brod
H Franz Kafka, »Hochzeitsvorbereitungen auf dem Lande und andere Prosa aus dem Nachlaß«; Frankfurt a. M.: S. Fischer 1953, Herausgeber: Max Brod
T Franz Kafka, »Tagebücher 1910–1923«; Frankfurt a. M.: S. Fischer 1967, Hrsg.: Max Brod
B Franz Kafka, »Briefe 1902–1924«; Frankfurt a. M.: S. Fischer 1966, Hrsg.: Max Brod
F Franz Kafka, »Briefe an Felice und andere Korrespondenz aus der Verlobungszeit«; Frankfurt a. M.: S. Fischer 1967, Herausgeber: Erich Heller und Jürgen Born
M Franz Kafka, »Briefe an Milena«; Frankfurt a. M.: Fischer Bücherei 1966, Herausgeber: Willy Haas
J Gustav Janouch, »Gespräche mit Kafka«; Lizenzausgabe des S. Fischer Verlages Frankfurt a. M. für Ex Libris Zürich 1968
S Jürgen Born, Ludwig Dietz, Malcolm Pasley, Paul Raabe, Klaus Wagenbach, »Kafka-Symposion«; München: Deutscher Taschenbuch Verlag 1969
KM Klaus Wagenbach, »Franz Kafka in Selbstzeugnissen und Bilddokumenten«; Reinbek bei Hamburg: Rowohlts Monographien 1970
BJ Klaus Wagenbach, »Franz Kafka. Eine Biographie seiner Jugend 1883–1912«; Bern: Francke 1958
FK Max Brod, »Franz Kafka. Eine Biographie«; Frankfurt a. M.: S. Fischer 1962
KP Johann Bauer und Isidor Pollak, »Kafka und Prag«; Übersetzung a. d. Tschechischen von Vera Cerny; Stuttgart: Belser 1971
C Elias Canetti, »Der andere Prozeß. Kafkas Briefe an Felice«; München: Hanser 1969
P Heinz Politzer, »Franz Kafka, der Künstler«; Frankfurt a. M.: S. Fischer 1965

Anmerkungen

1 Jörg Thalmann: Wege zu Kafka. Frauenfeld 1966
2 Vgl. Harry Järv: Die Kafka-Literatur. Eine Bibliographie. Malmö 1961
3 Klaus Wagenbach: KM. S. 107 u. 121
4 Albert Camus: Der Mythos von Sisyphos. Hamburg 1971. S. 102–112. Die Hoffnung und das Absurde im Werk von Franz Kafka
5 Heinz Politzer: P. S. 20
6 Vgl. Willy Haas in: M. S. 220
7 Ein Fragment dieses Briefes war schon in B (S. 255 f.) abgedruckt, erstmals ganz wurde er von Klaus Wagenbach in S (S. 31–42) nach einer inzwischen aufgefundenen Abschrift vorgestellt und kommentiert
8 Interpunktion gemäß der Maschinenabschrift, vgl. Klaus Wagenbach in S (S. 34)
9 Vgl. T: S. 209 f.
10 Vgl. F: S. 43
11 Vgl. Brief an Felice vom 20. Sept. 1912 in F: S. 43 f.
12 Sie sind übrigens in einer Zeittafel im Anhang der Briefausgabe selbst am übersichtlichsten und vollständigsten zusammengestellt, vgl. F: S. 767–771

13 Vgl. den Brief Kafkas vom 13.10.1912: »Vor 15 Tagen um 10 Uhr vormittags habe ich Ihren ersten Brief bekommen...«, F: S. 47
14 Vgl. die Briefe an Sophie Friedmann, eine Verwandte Felicens, die Kafka am 14. und 18. Okt. 1912 um Fürbitte anging, F: S. 48 ff.
15 Vgl. M. Pasley/K. Wagenbach: Datierung sämtlicher Texte Franz Kafkas, in S: S. 48 f.
16 Vgl. F: S. 399 ff.
17 Vgl. F: S. 485 ff.
18 Vgl. Zeittafel in KP (S. 186 f.) oder KM (S. 141 f.)
19 Gottfried Keller
20 Vgl. T: S. 381
21 Vgl. auch M: S. 8
22 Vgl. F: S. 754 ff.
23 Vgl. Eduard Mörike: »Peregrina«, Gedichtzyklus
24 Vgl. Brief Kafkas vom 24. Okt. 1912, F: S. 52
25 Vgl. 2. Brief vom 8. Nov. 1912, F: S. 83
26 Vgl. auch FK: S. 171 f.
27 Vgl. F: S. 89, Anmerkung 1
28 Vgl. F: S. 399 ff.
29 Vgl. F: S. 455, Anmerkung 1
30 Daten vgl. F: Anhang, S. 768 f.
31 Vgl. Brief an Felice vom 3. April 1914, F: S. 538
32 Vgl. Daten zu Grete Bloch, F: S. 469 f.
33 Vgl. Brief an Grete Bloch vom 18. März 1914, F: S. 524
34 Vgl. die Briefe vom 22. und 26. März 1914 an Grete Bloch, F: S. 532 und 536
35 Vgl. F: S. 612, Anmerkung 1
36 Vgl. T: S. 291
37 Vgl. M: S. 38
38 Vgl. M. Pasley/K. Wagenbach: Datierung sämtlicher Texte Franz Kafkas. S: S. 49 f.
39 Vgl. C: S.73 ff.
40 Vgl. Max Brods Nachwort zur ersten Ausgabe des »Prozeß«, R: S. 476
41 Vgl. C: S. 71 f.
42 Vgl. Arthur Schopenhauer: Über Schriftstellerei und Stil, S. 66. Insel Bücherei Leipzig, o. J.
43 Vgl. T: S. 278 ff.
44 Vgl. DE: S. 125 ff., insbesondere 135 f. und 143 f.
45 Vgl. R: S. 444
46 Vgl. Klaus Wagenbach: Julie Wohryzek, die zweite Verlobte Kafkas. In S: S. 31 ff.
47 Vgl. Nachwort von Willy Haas in M: S. 208 ff.
48 Vgl. M: S. 146. »Ich bin 83 geboren, war also 13 Jahre alt, als Du geboren wurdest.« – »... irgendein Geschenk fehlte mir noch, ich verlangte es vom Himmel; bis zum 10. August zögerte er.«
49 Sie finden sich, ungenau datiert, in FK: S. 275–294
50 Vgl. Aphorismus 5 in H: S. 39
51 Vgl. Einleitung zu F: S. 11 ff.
52 Vgl. M. Pasley/K. Wagenbach: Datierung sämtlicher Texte Franz Kafkas. In S: S. 64
53 Vgl. Johannes Urzidil: Da geht Kafka. Zürich 1965. S. 45
54 Vgl. FK: S. 211
55 Kafka deutet diesen Satzteil nur durch Gedankenstriche an, aus der Umgebung der Eintragung im dritten Oktavheft geht aber klar hervor, daß nur vom Verbot im Paradies die Rede sein kann.
56 Vgl. H: S. 39
57 Georg Trakl. Dichtungen und Briefe. Salzburg 1969 und 1970. S. 112

Literaturverzeichnis

Ausgaben zu Lebzeiten

»Betrachtung«; Leipzig 1912
»Der Heizer. Ein Fragment«; Leipzig 1913
»Die Verwandlung«; Leipzig 1915
»Das Urteil. Eine Geschichte«; Leipzig 1916
»In der Strafkolonie«; Leipzig 1919
»Ein Landarzt. Kleine Erzählungen«; München/Leipzig 1919
»Ein Hungerkünstler. Vier Geschichten«; Berlin 1924

postum

»Der Prozeß. Roman«; Berlin 1925
»Das Schloß. Roman«; München 1926
»Amerika. Roman«; München 1927
»Beim Bau der chinesischen Mauer. Ungedruckte Erzählungen und Prosa aus dem Nachlaß«; Berlin 1931
»Vor dem Gesetz«; Berlin 1934

Gesamtausgaben

Gesammelte Schriften. Herausgeber: Max Brod. Erste Ausgabe (Band I: Erzählungen und kleine Prosa. Berlin 1935; Band II: Amerika. Roman. Berlin 1935; Band III: Der Prozeß. Roman. Berlin 1935; Band IV: Das Schloß. Roman. Berlin 1935; Band V: Beschreibung eines Kampfes. Novellen, Skizzen, Aphorismen aus dem Nachlaß. Prag 1936; Band VI: Tagebücher und Briefe. Prag 1937)
Gesammelte Werke. Herausgeber: Max Brod. Zweite Ausgabe:
Der Prozeß. Roman. New York/Frankfurt am Main 1950
Das Schloß. Roman. New York/Frankfurt am Main 1951
Tagebücher 1910–1923. New York/Frankfurt am Main 1951
Briefe an Milena. (Herausgeber: Willy Haas.) New York/Frankfurt am Main 1952
Erzählungen. New York/Frankfurt am Main 1952
Amerika. Roman. New York/Frankfurt am Main 1953
Hochzeitsvorbereitungen auf dem Lande und andere Prosa aus dem Nachlaß. New York/Frankfurt am Main 1953
Beschreibung eines Kampfes. Novellen, Skizzen, Aphorismen aus dem Nachlaß. New York/Frankfurt am Main 1954
Briefe 1902–1924. New York/Frankfurt am Main 1958
Briefe an Felice und andere Korrespondenz aus der Verlobungszeit. Herausgeber: Erich Heller und Jürgen Born. Frankfurt am Main 1967
Briefe an Ottla und die Familie. Herausgeber: Hartmut Binder und Klaus Wagenbach. Frankfurt am Main 1974
Gesammelte Werke. Herausgeber: Max Brod. Taschenbuchausgabe in sieben Bänden. Frankfurt am Main 1976
Kritische Ausgabe. Schriften, Tagebücher, Briefe. 12 Bände mit je einem Apparatband. Herausgeber: J. Born, G. Neumann, M. Pasley, J. Schillemeit. Frankfurt am Main 1982 ff.
Leseausgabe in der Fassung der Handschrift. 12 Bände (textidentisch mit der Kritischen Ausgabe, ohne Apparatbände). Frankfurt am Main 1982 ff.

1883 Geburt Franz Kafkas am 3. Juli in Prag als Sohn des Kaufmanns Hermann Kafka (1852–1931) und der Julie Kafka, geb. Löwy (1856–1934).

1889–1893 Deutsche Volksschule am Fleischmarkt. Geburt der Schwestern Gabriele (1889), Valerie (1890) und Ottilie (1892).

1893–1901 Altstädter Deutsches Staatsgymnasium. Freundschaft mit Rudolf Illowy und Oskar Pollak.

1901–1906 Studium an der Deutschen Universität in Prag. Freundschaft mit Max Brod, Oskar Baum und Felix Weltsch. »Beschreibung eines Kampfes« entsteht.

1906 Promotion zum Doktor der Rechte. Eintritt in die Rechtspraxis. Ferien in Zuckmantel.

1907 »Hochzeitsvorbereitungen auf dem Lande« entsteht. Eintritt als Aushilfskraft in die »Assicurazioni Generali« in Prag.

1908 Anstellung an der »Arbeiter-Unfall-Versicherungs-Anstalt« in Prag (bis zur vorzeitigen Pensionierung 1922). Erste Publikation von acht Prosastücken in »Hyperion«.

1909 Ferien mit Max und Otto Brod in Riva am Gardasee.

1910 Erste Eintragungen ins Tagebuch. Reisen nach Paris und Berlin.

1911 An den oberitalienischen Seen mit Max Brod. In Prag Besuch des Jiddischen Theaters.

1912 Beginn der Arbeit am Roman »Der Verschollene« (»Amerika«). Das erste Buch, »Betrachtung«, erscheint. Bekanntschaft mit Felice Bauer aus Berlin. Literarischer Durchbruch mit den Erzählungen »Das Urteil« und »Die Verwandlung«. Erste Lesung.

1913 Besuche bei Felice Bauer in Berlin. »Der Heizer« (das erste Kapitel aus »Der Verschollene«) erscheint. Reise nach Wien, Venedig und Riva. In Riva glückliches Verhältnis mit einer jungen Schweizerin.

1914 Beziehung zu Felice Bauers Freundin Grete Bloch. Im Juni erste Verlobung mit Felice Bauer. Im Juli Entlobung. Im August Bezug des ersten eigenen Zimmers in Prag. Beginn der Arbeit am Roman »Der Prozeß«. »In der Strafkolonie« entsteht.

1915 Reise nach Ungarn. Carl Sternheim gibt den Fontane-Preis an Kafka weiter. »Die Verwandlung« erscheint.

1916 Aussöhnung mit Felice Bauer in Marienbad. »Das Urteil« erscheint. Die ersten »Landarzt«-Erzählungen entstehen.

1917 Zweite Verlobung mit Felice Bauer im Juli. Im September Ausbruch der Tuberkulose. Übersiedlung von Prag nach Zürau zur Schwester Ottla. Im Dezember zweite Entlobung. Eine Reihe von Aphorismen entsteht.

1918 Ab November in Schelesen. Bekanntschaft mit Julie Wohryzek.

1919 »In der Strafkolonie« erscheint. Verlobung mit Julie Wohryzek in Prag. Im November wieder in Schelesen, wo der »Brief an den Vater« geschrieben wird.

1920 Die Aphorismenreihe »Er« entsteht. Bekanntschaft mit Gustav Janouch. Kuraufenthalt in Meran. Beginn des Briefwechsels mit Milena Jesenska in Wien. Entlobung von Julie Wohryzek. Der Erzählungsband »Ein Landarzt« erscheint. Ab Dezember Sanatoriumsaufenthalt in Matliary in der Tatra. Beginn der Freundschaft mit dem Medizinstudenten Robert Klopstock.

1921 »Erstes Leid« entsteht.

1922 Vorzeitige Pensionierung. Der Roman »Das Schloß« und die Erzählungen »Ein Hungerkünstler« und »Forschungen eines Hundes« entstehen.

1923 Im Juli in Müritz an der Ostsee. Bekanntschaft mit Dora Diamant, mit der er den Winter über in Berlin zusammenlebt. »Eine kleine Frau« und »Der Bau« entstehen.

1924 »Josefine, die Sängerin« entsteht. Betreut von Dora Diamant und Robert Klopstock im Sanatorium in Kierling bei Wien. Tod am 3. Juni. Am 11. Juni Begräbnis in Prag. Der Erzählungsband »Ein Hungerkünstler« erscheint.

Inhalt